U0053154

哲學輕鬆讀

少年達力的
思想探險

鄭光明　著

三民書局

國家圖書館出版品預行編目資料

少年達力的思想探險 / 鄭光明著. --初版一刷. --臺北
市: 三民，2008
面；　公分. --(哲學輕鬆讀)

ISBN 978-957-14-4795-7　　(平裝)

857.7　　　　　　　　　　　　　　　　　97003458

© 　少年達力的思想探險

著 作 人	鄭光明
企劃編輯	蔡宜珍
責任編輯	蔡忠穎
美術設計	林韻怡
校　　對	劉惠娟
發 行 人	劉振強
著作財產權人	三民書局股份有限公司
發 行 所	三民書局股份有限公司
	地址　臺北市復興北路386號
	電話　(02)25006600
	郵撥帳號　0009998-5
門 市 部	(復北店) 臺北市復興北路386號
	(重南店) 臺北市重慶南路一段61號
出版日期	初版一刷　2008年4月
編　　號	S 141130
定　　價	新臺幣250元

行政院新聞局登記證局版臺業字第○二○○號

有著作權·不准侵害

ISBN　978-957-14-4795-7　　(平裝)

http://www.sanmin.com.tw 三民網路書店

※本書如有缺頁、破損或裝訂錯誤，請寄回本公司更換。

哲學人的哲學事——序言

Q 遇見哲學的那天：

　　大概是外星人的玩笑或是基因作祟吧！不知何時開始，在年少輕狂的高中歲月裡，「追求世上最基本的學問」竟早已隱然成為我的生命主軸。因此，在高中時代，我便設定數學系和物理系為大學聯考的第一志願。最後，我順利考上台大數學系。不過不知為何，在台大數學系一年級的日子裡，我還是不感到滿足，總覺得還是有種無法言說、不明所以的缺憾。直到有一次上數學導論課時，老師正在介紹歐幾里德幾何學的公理。不知為何，我的腦袋裡突然浮現下列一連串問題：為什麼這些公理能夠成立？難道要不假思索就加以接受嗎？數學應該還不是最基本的學問吧？若是如此，難道哲學才是最基本的學問？於是大一的日子裡，我幾乎天天往文學院圖書館報到──不是為了追女朋友，而是為了追求世上最基本的學問：哲學。最後，皇天不負苦心人，我總算在康德 (Immanuel Kant, 1724–1804) 的著作裡發現了對上述問題的討論。於是在大一下學期末，在父母毫不知情的情況下，我毅然遞出了轉哲學系申請書，從此就

正式展開了充滿驚奇的哲學探險之旅。

所以對我而言,「上數學導論課時的奇思冥想」或是「在文學院圖書館裡發現康德的著作」(由於年代久遠,確切日期已不可考),應該就是遇見哲學的那一天吧!

Ｑ 哲學對作者的意義:

未經反思的人生是沒有意義、不值得活的! 哲學訓練可以幫助我們重新檢驗一般人習以為常的信念,並在習以為常的日常事物中,發現令人驚奇的可能性,而不再以管窺天,人云亦云。其結果,則是使我們的思想獲得解放,而讓我們擁有一個經過反思、具有意義的人生。所以我們可以說:腹有哲學氣自華(不過,作者非常不建議拿哲學來追女生,因為很可能會有反效果)! 學哲學不一定會使我們的生命更有意義;可是不學哲學,我們鐵定會面目可憎,而且會和一般人一樣,過著隨波逐流、人云亦云的人生!

Ｑ 本書特別之處:

本書主角達力的思想探險,其實或多或少正呈現了作者大學時代探索哲學的心路歷程。事實上,這段時期正是作者思想獲得解放的啟蒙時期或狂飆時期;而思想一旦獲得解放,前所未有

的求知樂趣與學習熱情也隨之而來。不論貧賤或富貴，每個人都應有在思想上得到啟蒙與解放的機會——讀者當然也不例外！

Q 還有一些話要說：

　　本書的誕生，首先得感謝我的學長以及同事徐佐銘教授。佐銘學長當初向三民書局大力推薦我參與本叢書的寫作，所以才會有本書的問世。其次，我的國科會計畫研究助理嘉瑋以及鶴名也是幕後功臣。嘉瑋在就讀淡江大學的最後一年（2006 年）暑假時，曾非常仔細、辛苦的閱讀本書的初稿，並給予非常寶貴的建議。鶴名則是很稱職的擔任我的教學助理，讓我更有時間發呆以及寫作本書。此外，三民書局優秀的編輯群也對本書提供非常多寶貴意見，在此深表感謝。最後，內人以及愛犬阿大力照例在本書寫作過程中不斷鞭策著我。事實上，書中很多情節以及精彩的對話，正是內人的點子（她是個偵探小說迷）。不僅如此，在寫作如火如荼進行的那段期間，內人還得忍受我突如其來的騷擾，因為我三不五時就會追著她討論書中劇情。而當我文思枯竭、對著天花板發呆時，一轉頭，便見阿大力直直的瞪著我，好像在責備我偷懶一樣（其實她是想出門散步）。本書主角達力便是阿大力擬人化後的結果。不過我卻很慶幸阿大力不懂哲學，否則她應該會像哲學家們對待同行的著作一樣，對本書很有意見才是！

少年達力的思想探險

目次

!Who are y

What is th

How could

Where

When will I b

1

沒有肉體的城市

1

殘敗的燈火，忽明或暗。蕭瑟的街道，角落堆著垃圾，腐臭的味道撲鼻而來。傾倒的路樹，頹圮的短牆……建築物表面粗糙，鋼筋裸露，卻在牆磚隙縫裡冒出不知名的綠色植物，纖細的對稱葉片隨著強風顫抖，再一刻就要吹落。

許多陌生人衣衫襤褸，逕自忙碌著。他們有著奇怪的複雜表情，沉默，但之間卻像有著奇怪聯結一樣。

其中，一個目光灼人的老人，兀自立在街道的中央，街道往後無盡延伸，老人的眼神直視正前方，穿透視域的邊框。用擲鐵般的聲音說：

「秀夠了，來點實在吧！」

2

這是西元 2200 年代某一時間斷面，約莫東經 121 度、北緯24 度，賽琦─514 城。

事情發生的地方，賽琦─514 城，一座平淡無奇的城市，和這個時代每個國家沿著海岸線像連珠炮排列的其他城市沒有兩樣，平常得不值一提。

雖說正值盛夏，天空無雲，毫無色差的一片藍，不過卻有一線冷冷、死寂而猶如幽靈的光線從其中一幢建築物屋頂射向天空。這是這個城市的心臟，灰墩墩的巨大建築物包裹著一個

同樣巨大的電腦主機。建築物大門上方刻著三個字:「安塞倫」,下方則緊接著一串箴言:「存在就是被網路知覺。」◄

　　巨大建築物射出的冷寂光線,無遠弗屆未曾停歇的搜尋著可能存在的生命。可惜,即便是罩著人皮的傀儡,也懶得走出來打個照面。對於荒涼的城市而言,大概也只有荒涼還肯自己出來作個回應。

　　街道平靜得令人窒息,天空則亮得讓人無法承受——烈日烤炙著過度乾燥也過度乾淨的房屋,而且還不假情面的曬得路面反光,難以正視。整個城市充斥著單調的顏色,建築物則是蒙上了一層死氣沉沉的灰色塵埃,等著大雨過後隨著雨水傾洩而下,在牆面上短暫的留下一道道泥漿般的黑色淚痕,好像整個城市正在哭泣一樣。很難想像一個既無樹木、更無鳥語花香的城市,究竟要如何堅持走自己的路,而繼續毫無特色下去?也很難想像一個只有觀察天空才能看出季節變化的城市,為何一直都能忍受春天竟簡直奇貨可居?

　　不過這一切,賽琦—514城總算都辦到、也都熬過來了,這一點是不得不承認的。

　　反正,美麗是不客觀的,也是多餘的。沒有人在意必須以外的事物。而只有必須的事物才是真實的,也只有真實方才存在。公共建築物需不需要多力安式或是科林斯式的柱頭裝飾,圓頂或是列柱哪一種更能彰顯市民精神,都曾經在議會認真討論過,甚至開了無數公聽會並進入招標比圖程序。但後來一切

▶ 改引自英國經驗論哲學家柏克萊的著名主張: 存在就是被知覺。

都戛然停止，成為歷史的塵埃。因為網路可以取代一切。

　　網路給你一切。

　　正如同安塞倫集團 200 多年以前競選時的口號，透過網路的虛擬情境，公共建築不再由鋼筋、水泥所構築，建築本身的存在意義既已存疑，外在裝飾更無所附麗，節省了納稅人龐大的稅收，也杜絕了政府可能的貪污舞弊──因為謀求自利的人性也隔絕在生活之外。

　　所以，儘管單調、死寂，但這一切都是效率，都是公義，一切都是為了更高的真實。

3

　　賽琦─514 城唯一比較獨特的地方，是「死亡」非常困難。「困難」兩字嚴格說來並不正確，倒不如用「不可能」還恰當些。在 200 多年以前，「生病」還是讓人難受的事情；而在某種意義下，「死亡」則是一件必須聽天命的事情。但是在賽琦─514 城，為了適應嚴酷的氣候以及隨之而來的短暫白晝，人們終於知道自己需要的，是一個不會死亡的靈魂，而不是一個會生病、累贅的肉體。

　　要瞭解賽琦─514 城現在的處境，就不得不回溯一下這個城市 200 多年以前發生的事情。在那個還有民主選舉的時代，安塞倫集團和自由軟體集團為了競爭政權而彼此惡鬥。在此同時，由網際網路所連結的電腦，竟然不知何故的突然集體演化

出自由意志來，並堅定支持安塞倫集團。為了幫安塞倫集團贏得選舉，電腦竟然還不擇手段，透過網際網路把超級電腦病毒植入了世界每部電腦中，而使得自由軟體集團潰不成軍。

安塞倫集團最後雖然如願統一了全世界，不過超級電腦病毒卻也造成了核武大國互相發射核彈。核武大國彼此毀滅的結果，也把地球一起毀滅了。最後，安塞倫集團得到的，是一個有著嚴酷的氣候以及短暫白晝的地球。自此之後，倖存的人類就只能住在像賽琦—514城一樣有個防護罩的城市裡，以便抵禦嚴寒的氣候以及從外太空射來的輻射線。

那麼，為什麼叫做賽琦—514城呢？原來「賽琦」是安塞倫集團200多年以前研發出來的蛋白質晶片，至於「514」則是這種蛋白質晶片所管理的第514座城市，沒有其他深義。安塞倫集團相信總有一天，人類可以用這種蛋白質晶片來修補、甚至完全取代大腦；而大腦又可以產生心智(psyche)。所以安塞倫集團就索性把這種晶片命名為psyche，並音譯為「賽琦」。此外，安塞倫集團還深信：「未來」才重要，至於「歷史」則是無用的東西，不妨丟到火爐裡燒掉！所以用數字為城市命名，剛好可以鼓勵大家忘掉每個城市特有的歷史，而專心向前看。這就是賽琦—514城名稱的由來。

那麼賽琦—514城在還沒有被電腦接管以前，又是什麼城市呢？對不起，這既不重要，而且也已不可考了。

於是在安塞倫集團的帶領下，人類開始進行各種研究，以

便早日擺脫累贅的肉體，以求能夠繼續存活下去。約莫在 100 多年前那個還有肉體的時代，拜神經生理學蓬勃發展之賜，科學家終於在大腦裡一個不起眼的地方，找到人類靈魂和肉體接軌的小突起。然後，約莫在 80 多年前，安塞倫集團又成功發展出了相容於靈魂和肉體的通用平行埠界面，可以從大腦的小突起處下載靈魂。從此開啟了靈魂數位化時代。

「靈魂數位化」意味著人們從一出生開始，就可以放心的把自己的靈魂交給電腦管理，並永遠忘了自己肉體的存在。從此以後，人們（或者說：人們的靈魂）從一出生開始，就開始生活在由電腦所管理的賽琦—514 城中了。這是完全虛擬的世界！在其中，人們則過著完全虛擬的生活。

那麼下載了靈魂後的肉體，又該如何處置呢？對於這些肉體，管理賽琦—514 城的電腦，習慣以「摹本」、「備份」或是「殘餘物」這些祕密的代號稱之，以避免城裡的居民記起自己肉體的存在。這些肉體一律棄置於賽琦—514 城外、還是受到防護罩保護的區域中。對於這個祕密的城外區域，電腦還以「流放地」此一祕密的代號稱之，以防城裡的居民知悉。

對於這些「流放地」中的「摹本」，電腦還會供給必要的養分，以便維持其生存——畢竟這些肉體總還是城裡居民的「備份」呀！要是有一天電腦當機了，這些「備份」就可以適時擔任「還原存在」的重責大任了。

除了維持生存所必要的養分之外，電腦還會餵養「摹本」

許多八卦媒體，以便保證他們可以在無意識的狀態下不斷閒聊他人的是非、繼續行屍走肉的存在著——若不如此，要是這些「摹本」有一天突然衍生出靈魂或意識來，而反過來詢問自己存在的意義，那可就非常棘手了。套用 20 世紀德國哲學家海德格的術語，這些肉體就正是忘了自己的存在的常人 (das Man)。

不過在賽琦—514 城這個虛擬的世界中，人們的生活卻也沒有因此而產生什麼大的改變，例如：男人喜歡女人、友伴們相偕看電影，或是到海邊游泳、下午聚在咖啡館聊天等等。比較值得一提的改變，是這一切都得在網路上進行。因為靈魂數位化時代前腳剛走，接下來就是全面數位化時代的來臨：不管是男女交往、電影院、咖啡館還是海邊，全部都數位化了。男女是否決定交往，再也不是取決於諸如年齡、容貌、經濟狀況或門當戶對等老掉牙的因素，而是必須先看看彼此靈魂的原始碼是否相容，否則一切免談。用 200 多年前人們的術語來說，這不就正是「虛擬性愛」、「虛擬電影院」、「虛擬咖啡館」和「虛擬海邊」嗎？不過在這裡說「虛擬」兩字是沒有意義的，因為在這個時代，除了上網外，人們是既不考慮、也不瞭解其他事情的。

說也奇怪，不知是否由於缺乏時間感的緣故，在這座乾淨到單調的城市中，人們的一切活動，竟全都是用一種近乎狂熱、卻也漫不經心的態度進行。不過這也正顯示出賽琦—514 城居民實在對生活感到厭煩不已。在這裡，人們陷溺在網路上活動，

並不只為打發時間而已,網路就是生活。用賽琦一514城居民常用的話說:「除了上網,其餘都是地獄。」

4

地獄般一片死寂中,達力聽到自己的心跳,節拍急促,彷彿要敲破鼓面的價響鼓聲。

敵手的流夷彈像一道血痕劃破天際──在達力還未及反應前,「咻!咻!咻!」猛烈的炮火連鎖攻擊已迎面襲來,從達力戰機四側呼嘯而過。達力將機翼以360度打轉,藉以躲避未曾稍歇的炮擊。不知怎麼的,在此生死攸關的節骨眼,達力卻分心欣賞起爆烈的連環火花,震懾的銀亮以及超乎想像的色彩,竟讓背景的黑夜螢幕上有了嘉年華會煙火般的繽紛。

稍不注意,達力所駕駛的戰機的左翼已遭敵手炮火擊中……。

經過三個回合死力攻防,達力機隊與敵隊互有進退,達力自己雖然擊落敵機隊二架小偵防機,盜得對方神聖迴力彈一枚,但所屬機隊也折損一架先鋒引導機,自己的恍神還落得左翼起火,眼下除了有賴隊友掩護外,敵手若及時再補上一擊,恐怕就要墜落……。

達力眼睛直盯著儀表板,驚見敵手決意使上神聖迴力彈,想要來個同歸於盡,迫近的亮光及震耳欲聾的爆裂聲讓他瞬間丟了知覺,失去心跳。

「呼叫！呼叫！呼叫達力！」

聽到隊友吉米不比轟炸聲小的呼叫，達力悠悠轉醒。

「好啦！離線了啦！你該歇一下了，大天才！」吉米的聲音一貫莽撞而堅持。達力會意不過來。吉米先是沒預警失聯，然後又沒來由的竄出來。

「呦！你的實驗時間早在一分鐘前就到了。你還一直繼續攻擊，你看不出來那只是殘像嗎？」

殘像？

達力這下完全醒來了。

5

達力和吉米，兩個資優生，不斷通過跳級檢定，甚且讓國家破格錄用為程式檢定師。

他們每天都要上線去試用高級工程師開發的學習程式，這個工作的報償是無比的榮耀，以及早一步知道官方認可的學習路線——包括思維方式及內容。就這個意義而言，他們實際上是取得了窺視國家機密的特權，雖然只是低密性，但已顯示他們兩個不僅在智力上，以及更重要的，在思路正確上，都獲得國家認可。

在這個由網路統治並統一個體的國家裡，為了使當初讓渡靈魂的契約永遠有效，而不致因少數異議分子滋生事端，甚至引發革命、推翻現制，除了衛生部門在每個新生兒出生後，立

刻為其接種疫苗，以防止他們為各種思潮感染外，政府掌管思想的部門還規定：思想如果不是有害的，也是多餘的。教育部門則理所當然的擔任內化「思想無用論」的神聖價值的任務。

這個國家的公民所須負擔的唯一義務，是無條件接受國家以網路所設定的視域，不應該擁有除了國家提供給他們的想法以外的其他想法，尤其不應該發展出自己的視窗系統，特別在自由軟體集團被殲滅後，大家都只能在同一套系統裡，由國家統一供應同一種思維養分。除此而外的東西都是異端、都是病菌及毒品。沒錯，國家已竭盡所能在防堵及消滅各種思想的滋生、竄流、境外移入及產生抗藥性的變體思想，但仍然有春風吹又生的星星之火不斷作亂，威脅國家安全、危害人民健康……。

由於過人的聰穎及忠貞，達力和吉米得以提早在求學階段就肩負相當責任。雖然他們只是白老鼠，但那畢竟是經官方認可的至上榮譽。

6

「我覺得昨天做的那道分數題有點小毛病。」回程路上，見四下無人，身材壯碩但行動矯健的吉米拉大嗓門跟一起長大的友伴達力說。

與城市天空的開朗不怎麼協調的達力，有著纖瘦的身影，一頭烏黑的短髮，不常開口的靦腆，在人群中並不特別引人注

意——除非瞥到他細緻臉龐上，那雙天生金黃色雲朵狀的眉毛，以及掛在臉兩旁一經日曬就泛紅的偌大招風耳。

那兩道像第二雙眼睛的眉毛，無意間洩露了他的慧黠，不時帶給他一些極力想擺脫的困擾。只要他不小心揚起眉毛，旁人總會盯著他，盯著但不追問，因為發問是不必要的，但旁人未出口的憂慮翻譯出來就是：這個沉靜的人是否別有心思？而在比例上顯得略大的耳朵，也老讓他被好奇的同儕纏住追問，是不是聽得到他們聽不到的聲音。達力對自己的長相並沒有特別意見，只是不喜歡招來陌生的關注或是沉默被迫打斷。

「我只跟你一個人說。」一改先前那種活力十足的蠻勁，像是感染到友伴的沉靜，吉米把聲音壓得極低，達力則因為認真湊耳傾聽而讓耳朵泛紅得更明顯了。

「我昨天試做初級的算術。你知道就是我們以前都做過的那些幾分之幾的問題，好比四個蘋果分給五個人，每個人可以分到幾分之幾個蘋果的問題。」

這並不是什麼大問題，達力不免覺得吉米有點虛張聲勢。

「你不覺得這個問題奇怪透了。為什麼要在那裡斤斤計較的計算，還小心翼翼的切割呢？五分之四個蘋果又要怎麼切呢？更不要說吃起來有多麼小裡小氣的了。」吉米一口氣把話說淨。

「那麼是要把那些蘋果都打成果汁然後大家一起喝嗎？」

「呀！不好嗎？我就是想這麼做。」

兩個玩性從未消退的友伴相視會心一笑，吉米忍不住加了

點戲劇動作，捶胸頓足。

但意識到會招惹旁人關切，笑聲戛然而止。

「我想這個解法不會過關的。」

「為什麼？上這個學習網頁的人難道不會覺得奇怪嗎？他們可以選擇自己的答案啊！」

「當然，但要在工程師設定的範圍內。」達力沒好氣的回話。「啊，你知道的，數學是規定的，跟實際的狀況無關。所以這個解法是不合規定的。不合程式的內在邏輯。」

「所以真的只有我會覺得奇怪嗎？」

「呀，你是不折不扣天下第一怪。」

「是嗎？你剛才不是也想到了？」吉米並不打算一句話放過達力。「大天才，不知前幾天跟我說看到另一個比現在我們知覺的世界更真實的世界的人是誰喔？那個人應該才配得上天下第一怪的名號。」吉米不甘示弱的給了一記回馬槍。

達力眨了眨眼，雲朵狀的眉毛微蹙。最近他常有些奇怪的想法，而且記憶似乎有些斷面？他不記得告訴過吉米他曾看到的那些景象——那是實況還是夢境，他無法判斷。但如果是夢境，那麼真的比現實還清晰，還要像真實。

那些有著粗糙表面、鋼筋裸露的建築物，牆縫裡冒出不知名、有著纖細而對稱葉片的綠色植物，誘發出不知名的氣味，嗆得讓人淚水泛出眼眶。還有那些衣衫褸襤、有著奇怪的複雜表情的陌生人，總是忙著做自己的事情；即使沉默，都好像在

不斷互相交談著。這一切快要溢出視窗的陌生景觀，遠遠超出達力所能理解的範圍，令他昏眩，卻又忍不住一再注目。

最揮之不去的，是其中一個老人的臉孔。嶙峋的骨架，銳利的眼神。對著達力說：「秀夠了，來點實在吧！」

7

「你不覺得防守神聖迴力彈的戰略還不夠神嗎？只要敵手的前鋒機右翼打斜 15 度，我就知道他們要出神聖迴力彈了。機關不夠炫不是嗎？」

出於長久以來的默契，吉米開始胡謅稍早的那場戰役，以拉回達力的注意。達力失神的頻率似乎過高，吉米暗忖，但他並不想報告上去，他並不想冒失去好友的風險。他看過被迫離線的下場，是的，那只是失去榮譽。那是褫奪公權──不，比那還要嚴重，那是死亡。

一旦離線──這裡說的可不是從一個視窗換到另一個視窗的空檔，而是永久離線，別人看不到你也聽不到你了，你在旁人及系統的知覺之外。「存在就是被網路知覺」，國歌的第一句話是他們出生以來的第一個銘記，不容存疑。

離線是無法想像的虛妄，倒不如盡情談論爭奪神聖迴力彈的遊戲，這樣還要來得真實些。

這一廂，沉靜的達力，對於他所擁有的生活，一如這個國家大部分的小孩，雖然不見得喜歡，但也無暇質疑。「除了心靈

以外，並沒有現實世界存在——而心靈已由國家妥善集中保管，所以再也沒有人民要擔心的了。」周遭的其他人，特別是他們有幸接觸到的那些被國家委以重任的工程師，總是不厭其煩的向他們保證。

他們無所不在。此外，總是以視訊方式出現在他們意識中的統治者——袁魯爺，更是一再如是保證……。

「呀！我還撐到第三回合，你呢？早落跑了！天下第一怪。」達力努力追上吉米提起的戰役。

「你才是天下第一怪呢！」吉米健步如飛，已狂奔到更遠的前面了，還拖曳著狂野的笑聲。

8

即使奇怪的片段不時「侵擾」，達力卻無法心生厭惡。

或說，恐懼是有的，但他並不討厭這些。

在獨處的時候，甚至吉米也不在身邊的時候，他問過自己：為什麼覺得那幾個片段，比他置身其中的世界還要真實？

因為那些斷壁殘柱？還是那些有著超過必要程度的豐富表情的臉龐？那應該是更高級的學習或遊戲軟體吧——達力傾向如此結論。

「你說他們又加給你新的實驗了嗎？」吉米撞了達力一下，沒有惡意，只是表示親暱而已。

「我說了什麼嗎？」

「呀？又恍神啦？」

被猜到祕密的達力，雲朵狀金黃色的眉毛霎時糾結並轉成慘灰色，耳朵也像負荷不了重量的垂了下來。

「想不想乾脆一吐為快？」吉米的聲音不自主的壓低。

達力想把看到的情景跟友伴分享的衝動，戰勝了他的恐懼——恐懼他看得到而別人看不到的東西，以及因為犯了國家一級重罪「擁有私有視域」所將承受的懲罰。

「你覺得那是實在的？」吉米很直接但小心的問，不帶一絲恐懼。

「實在？呀？好古典的詞彙。如果你指的是獨立存在的事物，那麼，我真的覺得那是實在的。」

「可是，你知道這是不可能的啊！」

「呀？是啊。所以我想那是工程師給我的新實驗。」

吉米露出羨慕的眼神。「你果然是大天才！他們只讓你受這種實驗！」

兩人取得共識，放鬆後的達力習慣性的又開始沉默。

「你不曾看過嗎？」半晌，達力卻不自主的又問起。

「斷垣殘壁？呀，前陣子上希臘城邦程式時，我看過輸掉伯羅奔尼薩戰爭的雅典，神廟裡的列柱柱頭都讓炮火給震裂了。」

達力也很熟悉那一段，他們都被指派去作那個實驗，以便找出那個學習網頁的毛病。

「我想我很確定我們都看見過那些事物。」

「所以問題是什麼?」

達力臉上的兩朵金黃色雲朵似乎聚攏成一朵了。「我只是有點懷疑——只是有那麼一點點懷疑——他們並不是程式裡的東西。」

「不是程式裡的東西?」吉米重複達力剛才最後那一句話,但換成了問句。「那就是你的夢了。」

「但我為什麼會夢到? 一定有那種事物存在,然後我才會想到、夢到。」

這次換吉米沉默了。

然後,吉米沉吟:「你要告訴我,在我們的思維之外,存在著其他事物?」

要不是自己本來就相信吉米,達力可能會覺得友伴的問話很像袁魯爺轄下的檢察官的問話。

「嗯,難道你不曾懷疑過……在網路之外,還有其他事物的存在?」

吉米望著近來一直受間歇性失神所苦的友伴。一時間,他還真的確定達力實在病得不輕。

「怎麼可能?」

「為什麼不可能? 因為官方不准嗎?」

「你知道我不會出賣你的!」吉米對達力剛才那句話有點反彈。但另一方面,吉米察覺到了達力跟自己一樣害怕,所以又

感到絲微欣慰，因為他們分享著同樣程度的恐懼——達力擔心離線的懲罰，吉米則擔心失去達力。

「讓我們用常識來討論吧！」吉米率先恢復了鎮定。「你說你看到那些奇怪的景象，對吧？」

達力點頭代替說話。

「但是我並沒看到啊！」

「所以呢？」達力停止點頭，並追問道。

「我跟你是有相同感官的人吧？」吉米側著頭，認真的凝視著友伴。「當然，我很多地方比你優秀，而你比較敏感——但基本上，我們是有相同感官的人。」

「然後呢？」達力再次點頭，並追問道。

「有相同感官的人卻無法感知你所感知的事物，可見那是不存在的。」獲得一個無懈可擊的結論，吉米藏不住的得意了起來。

達力欣賞友伴的智慧，而且不想輸給他。「但是你剛才也說那可能是他們給我的實驗。」

「對。我並沒有否認你可以感知到那些事，但你說那是獨立於我們思維、獨立於網路的存在，這就讓我不免要為你的身體狀況擔心起來了。」

達力多麼希望他只要相信這個真誠的友伴就好，而不要去想其他事物存在與否。

「那些只是一種經驗的殘像，好嗎？」吉米接著說：「除了

經驗或思維，其他都是不存在的。」

　　達力知道吉米在複述他們一再歌頌、學習的教本內容，他知道友伴擔心他太與眾不同，擔心他生病了。

　　「我們的經驗來自網路，我們的心靈則交給了國家。國家提供我們登入密碼，我們可以上網，我們也有了全部。」吉米一向學得很好，他複述的一字不差。

　　「你的意思是：那些我感知到是真實的事物，到頭來只是像夢的體驗罷了？」

　　「呀，我的大天才，對極了！」

　　是這樣嗎？達力望著笑得開懷的友伴。他應該相信吉米。他希望相信。

　　「一定是他們給了你什麼特訓，而你忘了。」吉米熱切的握住達力的手。

　　達力再次用點頭代替回答。

　　「很高興你回神了。」吉米顯得比達力還要如釋重負。

9

　　第二天，達力在實驗室查了一下他的實驗清單，上面並沒有比吉米多排一個實驗。所以，工程師並未排給他特別的實驗。

　　「有相同感官的人卻無法感知你所感知的事物，可見那是不存在的。」達力耳際縈繞著吉米的推論。

　　如果不是實驗，那麼，會是夢嗎？

而夢中的景象又是來自什麼場景的殘像呢?

等等!不對吧?達力心想。「有相同感官的人無法感知的事物,並不表示就是不存在的呀!」達力此時捏了一下自己的手臂,頓時感到一陣疼痛。

「吉米總不會感覺到我的疼痛吧?可是他和我有著相同的感官,而疼痛卻是實在的。」

可見相同感官的人無法感知所有實在的事物。那麼,什麼才是實在的呢?達力愈想愈頭痛了。「對了!吉米這個時候總也不會感覺到我的頭痛吧?可是我的確頭痛得要命!」這下吉米應該不會再為自己「無懈可擊」的結論而得意洋洋了吧?

不過可惜的是:達力又不確定吉米是否真的說錯了?做夢的確是有相同感官的人無法共同感知的事物,可見夢境是不存在的。「如果是這樣,那麼夢和疼痛又有什麼不同呢?」

達力甩甩頭,希望可以把盤據腦海的景象甩掉。那些場景及臉孔像鬼魅般的出現在達力緊湊的生活裡,頻率愈來愈高,但並沒有固定週期,而且每一次都比前一次還要清晰。在這些場景中,那些陌生人彼此並沒有交談,但達力卻隱約聽得見他們的喁喁私語。

他決定用更緊湊的學習及工作來甩掉這些沒意義的殘像。他甩頭的頻率愈來愈高,彷彿勤奮的甩頭可以打敗入侵的景象。不過儘管他偶爾甩得掉那些場景及臉孔,但最後那位老人的那

句話:「秀夠了,來點實在吧!」卻是如劍般精準地直擊胸口,達力甩不掉也拔不出來。

　　他曾認真回想:到底是哪一段記憶的殘像如此不時的回頭侵擾他的生活?但其實他記得的片段不多。他還記得比他還沉靜、過世已久的媽媽曾經說過的一些話,還有媽媽很少提到、印象更模糊的爸爸。

　　他擔心自己念頭太多、病菌也太多了,有一天他會病死,或在那之前,就先讓袁魯爺那一批人抓去,把他從網路上除名。

　　他依稀記得被親戚們當成禁忌話題的爸爸阿蒙森,也是想法很多的。記得第一次媽媽帶他來實驗室時,一路上他一直問目的地到了沒有。媽媽對要將獨子從此交給國家,感到既驕傲又不捨。對達力不識愁滋味的問話,媽媽起初只是頷首微笑。

　　「到了嗎?」問了第一百零一次了。

　　也許到了耐心的臨界點,媽媽突然回話:「永遠到不了的!」語氣裡無奈中帶點慧黠。

　　「為什麼?」

　　「你爸爸曾說有個叫芝諾的人說,因為一連串無窮盡的運動需要無窮盡的時間,而任何人在有限的時間內要運動到任何一點,都是不可能的。」

　　達力一時間還會意不過來,媽媽卻逕自繼續說下去。

　　「這個芝諾很有趣。他說:一個人為了要前往目的地,必須經過中點,為了經過那個中點,又必須經過那個中點的中點

……如此永無窮盡。」

　　達力望著這個一向惜話的媽媽，不曉得是芝諾的說法比較詭譎，還是這些話從她的口裡冒出來比較奇異。

　　「你知道芝諾的理由是什麼嗎？」

　　不等達力回答，媽媽繼續自言自語：「因為每次我們都只能到一半的地方，一半的一半，一半的一半……所以一直到不了。」

　　「那爸爸呢？他去哪裡了呢？」被打開潘朵拉的盒子的達力，趕緊追問陌生的爸爸的下落，對芝諾卻沒什麼興趣。

　　但媽媽似乎用更多芝諾的話來當盒蓋，以便把潘朵拉的盒子蓋上。

　　「你知道芝諾還說過什麼有趣的話？他說哪怕是飛毛腿阿基里斯，也跑不過慢吞吞的烏龜！」

　　達力沒有接話，他知道媽媽會用更多的話來轉移他的注意力，以便讓他以為剛才聽到的有關爸爸的事，完全只是錯覺。

　　「這是因為當阿基里斯到達先前由烏龜占據的一點的同時，烏龜已越過先前的那一點，而來到新的一點了。而當阿基里斯到達這個新的一點的時候，烏龜又來到下一個新的一點了。換句話說，當阿基里斯到達第 n 點的時候，烏龜總是在第 n+1 點……所以阿基里斯當然永遠也追不上烏龜！」

　　達力決定讓媽媽繼續說下去。

　　「芝諾還有一招。他還說過：飛行中的箭其實是靜止的。這可就更絕了，他說：飛行中的任何一刻，都只是空間中靜止

的一點；而所有靜止的點全部加起來，根本就不會變成『運動』呀！可見『運動』根本就是不真實的呀！」

像是一吐為快之後的空虛，接下來的路上，媽媽都不再開口。

空氣又凝結了。

想著想著，達力不得不又回到現實世界中來了。親愛的媽媽已經過世很久了。自從媽媽過世後，吉米就常常陪在達力身旁，可以說是達力最好的朋友了。

達力從此對某些人不經意說出來的話都充滿若渴的求知欲，可惜那都像吉光片羽一樣，稍縱即逝。他對生活並無不滿——雖然到處都充滿規定，不准他們這樣想、不准他們那樣想，也不准他們在網站上留言討論。但自從知道自己的爸爸是個「會說出奇怪的話的人」之後，他多少開始瞭解為什麼媽媽看他的眼神，總是充滿憂傷，而憂傷中又夾雜更多的擔心，擔心他也像爸爸一樣會亂想或亂說什麼？他自己也害怕，所以更加小心戒慎……。

達力不知要不要再跟吉米談起這件事的最新發現。他明顯感受到吉米用更大的嗓門終日找他閒扯淡，似乎相信這種無時無刻的熱情可以確保達力不要恍神。達力也不想自找麻煩，於是比平常更用心的完成一連串的實驗。工程師們都很滿意，因此允許達力和吉米進入更多網頁。就政治意義上而言，他們更

接近袁魯爺了。

　　一天，就在達力以為自己的症狀稍歇時，他突然又打了一個噴嚏。眼前的視窗裡隨即出現從未見過的亂碼。達力深吸了一口氣，並問道：那是什麼？實驗的一部分？或是程式的瑕疵？

　　還沒想出答案之前，那個熟悉的景象又出現了。

　　「秀夠了，來點實在吧!」

進階閱讀

　　我們從一個虛構的未來世界開始我們的思想探險。在這一章中，有兩個思想探險等著我們。這兩個思想探險所處理的，都是哲學家百思而不得其解的問題。

　　我們的第一個思想探險是：我們究竟是由「靈魂」和「肉體」所構成，還是只是由「肉體」所構成？如果真有靈魂，那麼它究竟委身於何處呢？顯然醫生在解剖人體時並沒有發現靈魂的存在。如果是這樣的話，那麼這是否表示根本就沒有靈魂存在？

　　因此，有很多哲學家主張根本就沒有靈魂存在。不過在仔細思考後，我們又會發現這個答案其實不堪一擊：在日常生活中，我們會說「我的身體」，卻不會有人說「我是身體」（這種說法根本不合文法）。因此，顯然「我」根本就不等於「身體」——因為如果「我」就等於「身體」，那麼「我是身體」這句話就應該合文法才是。而且，如果「我」竟然等於「身體」，那麼我們又和受自然律 (laws of nature) 支配、缺乏情感和意識作用的物體或機器有何不同呢？而因為我們的確知道自己並不只是機器而已（讀者可以捫心自問自己究竟是不是只是機器而已，想必答案應該是否定的吧?），因此，「我」根本就不等於「身體」。

　　然而，如果「我」並不等於「身體」，那麼「我」又是什麼

呢？這似乎表示在我們的身體背後另有一個「我」存在，也就是靈魂。不過這又讓我們回到了第一個思想探險的起點：靈魂究竟委身何處呢？

為了讓我們的思想探險早日啟程，在本書這個虛構的未來世界中，我們假設科學家已經找到了靈魂委身之處，並可以把它「下載」出來。這一方面暗示了的確有靈魂存在，可是另一方面卻又使得「虛幻」和「真實」之間的界限變得模糊不清了──原來可見、看似實在的肉體可能並不真實，而不可見、看似虛幻的靈魂，可能才真的存在。

這就自然引領我們進入了第二個思想探險：「虛幻」和「真實」之間的界限究竟是什麼呢？「夢」和「醒」之間又有什麼區別呢？我們怎樣確定自己現在並不是在作夢呢？

讓我們首先來看看第一個思想探險和第二個思想探險之間的密切關係：如果未來的科學家竟然可以把我們的靈魂「下載」出來，那麼我們每個人就可以長生不老了。這表示在未來的世界中，「肉體」根本就是不必要的。如此一來，每個人的靈魂也都可以活在一望無際的網路世界中。拜電腦科技之賜，在網路世界中，根本就沒有什麼東西是實在的──我們的五官所感受到的一切東西，其實都是電腦科技製造出來的。不過在這網路世界中的所有東西，看起來卻又是那麼實在！如果我們竟活在網路世界中，那麼我們又怎麼知道什麼是「虛幻」、什麼是「真實」呢？

　　笛卡兒是詢問「虛幻」和「真實」之間的界限的著名哲學家。讀者想必都有這樣的經驗：我們的五官常常欺騙我們——例如插在水中的筷子看似彎曲，事實上並未彎曲；或者，有人曾在沙漠中看到綠洲，走近一看才知只不過是海市蜃樓而已。如果是這樣的話，那麼笛卡兒問我們：我們怎麼確定自己現在所有的感覺（眼睛所見、耳朵所聽、皮膚所感……）並不是幻覺呢？事實上，笛卡兒的問題就像潘朵拉的盒子一樣，只要一打開就再也合不上了——我們會發現可以懷疑的事情其實還真不少：我們以為自己現在醒著，然而也許我們現在正在作夢，而且夢見自己醒著呢！我們用眼睛看到自己有個身體，然而我們又怎麼確定這不是幻覺呢？也許我們根本就沒有身體？也許我們只不過是個養在桶子裡的大腦，所有的感覺都是邪惡的科學家製造出來的？

　　顯然故事的主角達力也陷入了上面這些難題。達力開始懷疑下面這兩個可能性：一、我們的五官所感覺到的一切事物，有沒有可能只是電腦工程師藉由軟體所製造出來的幻覺呢？二、如果答案是肯定的，那麼我們每個人有沒有可能事實上只是活在一個受電腦軟體所控制的網路世界中？這兩個問題其實並不是達力的專利。因為我們也可以懷疑：我們有沒有可能其實正是活在達力所處的網路世界之中——或者，其實我們根本就是達力、或只是一個桶中大腦呢？

柏克萊 (George Berkeley, 1685–1753)

著名的愛爾蘭哲學家，既是英國經驗論的代表人物
之一，也是唯心論 (idealism) 的強力擁護者。柏克萊最
重要的哲學著作，包括《論人類知識原理》(*Treatise Con-
cerning the Principles of Human Knowledge*) 以及《海拉
斯及菲洛奴斯的三段對話》(*Three Dialogues Between
Hylas and Philonus*)。柏克萊主張：我們唯一能夠知道存
在的事物，是人類的心靈、人心中的觀念，以及上帝，
這就形成了柏克萊哲學的基本論點：存在就是被知覺。
(To be is to be perceived.)

海德格 (Martin Heidegger, 1889–1976)

德國著名哲學家。海德格認為西方哲學從柏拉圖以
降，率皆遺忘了存在，因此整個西洋哲學史，其實就是
一部「遺忘存在」的歷史。其結果，則為哲學家和科學
家總是忽略了更為基本的、作為所有理論基礎的存在問
題。海德格對存在主義、解構主義、詮釋學等都有舉足
輕重的影響。發行於 1927 年的《存在與時間》(*Sein und
Zeit*) 是海德格最有影響力的早期著作之一。

笛卡兒 (René Descartes, 1596–1650)

著名的法國哲學家，是西方近代哲學的奠基者。笛卡兒著名的哲學方法，是「系統的懷疑」或「方法論上的懷疑」(methodological doubt)，其目的則是企圖要找出確定、不能懷疑的事物，以便作為知識的基礎。依「方法論上的懷疑」，感官提供的證據是不確定的，因此必須受到懷疑。甚至數學也必須受到懷疑。如此懷疑一切的結果，我們必須承認：「自己的懷疑」是不能懷疑的；「思維」是不容置疑的出發點。這就是笛卡兒的基本公式「我思故我在」(I think, therefore I am.) 的由來。自此之後，無論是理性主義陣營還是經驗主義陣營，歐洲哲學都受到了笛卡兒這一個基本公式的影響。此外，笛卡兒還激化了古老的「精神」、「物質」二元論，使之成為近代哲學之後棘手的哲學問題之一。

芝諾 (Zeno of Elea, 490–430 B.C.)

古希臘哲學家，以「歸謬法」(reductio ad absurdum) 為論證方式，以便否定「雜多」與「運動」，並藉以駁斥其他哲學家的主張。所謂「歸謬法」，是暫且假定反論成立，並以此為前提逐步推衍，導出邏輯上互相矛盾的兩個主張，並依此證明原來的反論不能成立。芝諾這些否定「雜多」與「運動」的歸謬論證，通稱為「芝諾悖論」(Zeno's paradox)。

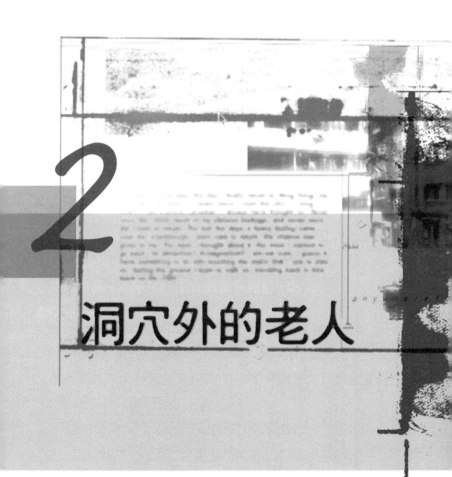

2

洞穴外的老人

1

「你是誰?」

老人的眼神直逼達力。剎那間,達力覺得自己被對方灼人的眼神穿透了。自己就像前些時候在激戰中被中子光束擊穿的敵機,當時敵機立時就消融於無形。被陌生眼神凝視的達力,竟然不知道自己現在是否還存在著?

「恭候多時。」

一向被讚譽為天才的達力,這時卻遲鈍得不知如何反應。

「歡迎來到實在界。」

2

這是一個色度不純且亮度不夠的畫面。達力想:應該要向那些工程師反應。但人物的表情卻異常的清晰且連續——甚至超過必要的程度。

老人伸出布滿蛛網般青筋的雙手,似乎想要握住達力的手。此時,達力的直接反應,竟然就是後退,尤其駭異於對方跳脫視窗的迫近步伐。對熟稔各種程式裡各種敵手凌厲攻勢的達力來說,這絕對是前所未見的。虛擬的對方竟撼動了自己一向的自信心。

「我們試著跟你取得聯繫很久了。」老人放下原先舉起的手,似乎察覺到達力的不安。「現在並不是你第一次知覺到我們。」

是的，這個惡夢般的流動畫面，老人深邃的眼神，幾綹蒼髮垂落在刻蝕著橫紋的額頭上，削瘦的身影兀立在許多陌生人的前面。一陣風從街角吹來，竟然把街角的酸腐氣息也一併吹來。達力不知道這個氣味為何如此嗆鼻，也許嗆鼻的不是那個垂死的味道，而是因為不習慣。

「你是誰?」達力無助的再問一次。

「我是謨爾，如果知道名字對你這麼重要，那麼就叫我謨爾吧。」

「謨爾?」達力回想他所經歷過的程式中，似乎未曾出現過這個名字。所以這究竟是不是實驗?

「這是哪裡?」達力問。周遭歸於寂靜。他蚊蚋般的聲音，聽起來竟像雨後洪雷。

老人以一種介於憂傷與欣慰的眼神，望著達力。達力覺得自己已無路可退。

「我們在實在界，孩子。」老人沉吟:「或說是流放地，這樣也許你比較能想像。」

達力睜大眼睛，雲狀的眉毛左右上下跳動著。「我病了!」達力暗自懷疑著。這個程式——如果這是程式的話——真是太強了。達力甘拜下風，他覺得自己被對方詭譎的說法弄得要解體了。

他知道:凡是違逆國家思維的人，將要被罰離線，而且是永久的離線，而不僅是在程式之間的休息而已。這是無法承受

的懲罰。為什麼無法承受呢？因為根本無法想像——離開網路，那麼還存在嗎？又存在於哪裡？網路之外有另一個世界嗎？

實在界？流放地？呀！老人一口囈語，到底在說什麼？

他的意思是說他們被流放到這裡嗎？這裡叫實在界？那麼網路上那些不勝枚舉、形形色色的東西又是什麼？他每天要去的實驗室、那些在實驗室裡創造及修改程式的工程師、用奇怪的詭辯來表達或隱藏感情的媽媽，還有那個跟他一起長大的吉米，以及吉米昨天熱情的拍他的肩膀——這一切又是什麼呢？他們是在哪裡？難道都不是實在的嗎？

「你們憑什麼說自己是在實在界？」思緒陷入混亂的達力，用力嘶吼：「你的意思是你們才真的*存在*？」

這個有著腐敗氣味的街道、這些遊走在街道的陌生人，以及眼前這位比他認識的所有人都還要老的讚爾？難道這些才是真實的？

「是的，儘管不完美，但我們的確實實在在的存在著。」老人沒有絲毫遲疑，眼神及聲音都一樣堅定如山。

「當時，在最後一次大辯論結果揭曉前，我們這些自由軟體的愛好者，從來沒想到自己最後竟然會輸。」老人娓娓道出過往的事。

「或說，即使辯論有可能失敗，但倒從沒想過最後竟然會被趕盡殺絕！」老人平和的聲音顯示怨恨已經沉澱許久了。「我們人比較少，但我們主張不該完全由安塞倫集團決定人類的視

域。」

達力在學習程式裡學過〈我們神聖的國家〉一章，知道安塞倫集團和自由軟體集團兩方在最後一次競爭政權時激戰空前，最後安塞倫集團「為了全民福祉」殲滅了自由軟體集團，並且終結漫長的黑暗時代——在黑暗時代裡，人們飽受過多選擇的折磨，每一個人都必須為自己的生活負責；而安塞倫集團正是以正確、統一、真實的視域解救生民免於這種痛苦。

自由意志是人類痛苦的來源。網路是安塞倫集團應允的布滿蜜與奶的天堂。「網路就是一切」這個理念，他們主張、奮戰並獲得全勝。

一夕之間，自由軟體集團潰散。但不時有即時通報說他們以「臭蟲」的形式回來作亂，伺機入侵網路世界，造成畫面的殘斷。不過往往馬上就會讓高級工程師偵測到，並加以狙殺。

正義與真實，都由網路的高效率加以保證，並予以捍衛。由此更突顯安塞倫集團的正確性，是無可懷疑的。

即使達力玩性很重，不時對現況發問，但對安塞倫集團的一切，卻未曾有絲毫懷疑。畢竟，較之於自己個人的經歷，每個人對那段歷史的前因後果，都還要熟稔許多。對此，包括達力在內的每個人都牢牢記得。沒有人曾經質疑過，更不用說挑戰了。而讓爾那種似真還假的人物，竟然膽敢冒出「我才是正牌貨」的話，達力不禁義憤填膺起來。

「你這國家的叛徒，到現在還在說謊?」達力憤憤的回擊老

人的目光與囈語。

「為什麼這樣說呢？因為跟他們灌輸給你的東西不一樣，是嗎？」老人歎息道：「天啊！他們那一套你真的完全都吸收進去了？還是就是寫在你的程式裡？」

什麼意思？這個老人講的話真玄呀！

「說真的，要不是我早就認識你爸爸，我真要懷疑你也是他們製造出來的高級貨。」老人搖頭，一邊嘴角略揚，分不清楚是輕蔑還是憐憫。

爸爸？製造出來的高級貨？

「當然，你從沒機會知道真相啊！」老人語氣稍緩。

但謨爾的緩和仍激起達力漣漪般的問題：「我憑什麼要相信你？」達力一方面大叫道，另一方面也心想：即使你提到爸爸，也不能證明你說的就是實在的！

「那你又為何相信你的世界才是實在的呢？」老人反問。

「因為那是我可以感知的東西呀！」

「所以那才是實在的？」老人又問。

「是的。」

「那你怎麼知道你的感覺不會騙你？」老人再問。

天啊！工程師趕快現身吧！停止試煉吧！達力心裡吶喊著。他覺得自己已經快被這個新程式打敗了。

看著發愣的達力，對話無法繼續，老人似乎也搖了白旗，所以最後只好和顏悅色的說道：「孩子，讓我來說個故事吧。」

3

如果有些人打從出生以來，就生長在洞穴裡——姑且不論他們是怎麼出生的，也不管是否取得他們本人的同意，總之，他們就生長在洞穴裡——那麼，洞穴裡的一切，自然就是他們所能看到的一切。

他們在洞穴裡出生、成長、活動，他們可以說話、可以傾聽，看得到也聞得到，被人拍打過也衝撞過別人，所以他們不曾懷疑過自己和別人的存在。再者，他們的生活一切充裕；就算要抱怨，也缺乏抱怨的主題。

當然，你可能會問：既然是洞穴，那麼應該有個對外的孔才是呀！既然外面的空氣與陽光都會灌進來，所以洞穴裡的人應該知道「外在世界」的存在才是呀！難道他們不會想要出去見見世面嗎？

可惜，他們絕大部分都沒有這麼做。也許他們之中有人心裡曾動過這個念頭，但這是與他們的信念相違背的念頭。他們不敢多想。至於大部分的人則是從來就沒有動過這個念頭，因為他們相信：眼前這個一向生活在其中的洞穴，就是唯一的世界，就是唯一的真實。

他們在洞裡的石壁上，常常會看到幢幢鬼影——就是一些不很清楚、不很完整的影子。對於洞穴裡的人而言，那些影子與其說會引起好奇或恐慌，倒不如說這些影子根本就是被當成

習以為常、確定存在而不能懷疑的東西了，因為洞穴裡的人都堅信：洞穴裡的世界，就是唯一的世界。反正整個洞穴裡的人，要不是人云亦云，就是從無異議。對於洞穴裡的人而言，鬼影的存在，根本就是像數學公式一樣自明的東西。

不過偶爾還是會有那麼幾個人懷疑鬼影的真實性。

他們往往被旁人視為愚蠢或是「不幸生病」的傢伙。洞穴裡的人可不會讓整個洞穴成為疫區！他們不能冒任何風險，所以即使還未證實這是不是一種傳染病，他們仍搶在第一時間就迅速撲滅這些懷疑鬼影的人。

有些人就這麼消失了。

他們形體就這麼化為無形了，而且洞穴裡的人也根本不屑讓這些懷疑鬼影的人占據自己的記憶太久。

有些懷疑鬼影的人，則是趕在自己病徵顯露前就自行了斷。反正洞穴裡的人忙於生活，既無暇注意到他們的異常，也不會察覺到他們的消失。

不過，還是有些懷疑鬼影的人就這麼走出了洞穴。但是這些人真的是比較麻煩的，因為他們似乎一直想回頭對洞穴裡的人說些什麼，也許就是忍不住要告訴他們：除了洞穴裡的世界之外，洞穴外還有一個真實世界！但他們傳回來的訊息，往往在洞口就被攔截了。他們不時試著利用反光，在靠近洞穴的壁面上留下即時活動的身影，但效果總是不好，因為呈現出來的模樣，就像他們還在洞穴裡看到的那些鬼影一樣——洞穴裡

的人要不是看不到，就是根本看不清楚。

4

老人裂帛般的聲音戛然停止。

「呀?」聽得入神的達力傻住，像在陸上猛的被浪頭打到。

謨爾的眼神同一時刻也正從遠處返回，再次直視、穿透手足無措的達力。

「這是一個不錯的故事。」驚魂甫定的達力，故作輕鬆的說道。

「是的，這是柏拉圖的老故事了。」

「所以，你要告訴我什麼?」

「嗯，你已經出到洞穴外了，孩子。」

達力眼前一片昏眩，浪頭再次迎面直擊。

「呼叫! 呼叫! 呼叫達力!」幽冥處熟悉的聲音召喚著。

「呼叫! 呼叫! 呼叫達力!」一聲接續一聲，愈來愈清楚，愈來愈激動。

費盡吃奶氣力，達力總算睜開雙眼，映入眼簾的是另一雙眼睛——是吉米瞪得像滿月的大眼。達力聽到急促的心跳聲，但分不清那節奏有點亂了準頭的聲音，是來自自己的還是吉米的心臟。

「你這傢伙! 總算醒來了。」說時遲，那時快，吉米一手已

經捶過來，但快到達力胸前時又很有技巧的收起，並沒有捶到達力。

達力不知如何反應，只好繼續保持沉默。

吉米皺起眉頭，兩手叉在腰上，作勢要口頭訓誡友伴。達力雲朵般的金黃色眉毛霎時蒙上一層說不出來的黯淡，他不在意吉米罵他或是打他，看到熟悉的友伴讓他大大的鬆了一口氣，但從聽故事的現場突然換到眼前這個場景，又使他莫名所以。

「我說達力，我真的有點擔心你。」出乎意料的，吉米開口並沒有說出什麼重話。

吉米並不隱藏他的擔憂：「你的失神好像愈來愈頻繁了。」

達力聽出吉米真正的憂慮為何。自己出神的頻率之高，已經讓吉米感受到是否要呈報上去的壓力。正因為他們是那麼好的友伴，所以吉米才陷入天人交戰的困境。如果達力的一再失神讓任何一個工程師發現，那麼根本沒有什麼呈報的程序，任何一個高級工程師都可以讓達力隨時消失——永久的離線。

「我們剛才在試新的遊戲，你還記得嗎？在你⋯⋯失神前。」吉米的聲音透露的真誠不言而喻，達力的眼淚簡直就要奪眶而出。

「新的遊戲在講芝諾的詭辯。很有趣吧？你剛才戰得很好啊，一來一往，箭無虛發。」

達力的耳朵變紅了，因為心虛吧？因為這不是他第一次聽到芝諾說過的那些話，之前媽媽已經跟他說過，所以他贏在起

跑點。

「就拿那個飛毛腿阿基里斯跑不過慢吞吞烏龜的例子來說好了，真的很違背常識，不是嗎？但真的要反駁，連我這個天才都不得不承認自己一瞬間成了啞巴，根本無法出聲！」吉米還在回味方才的新學習程式。

「哪知你這一向悶不吭聲的傢伙，卻殺出一番道理來！什麼芝諾把有限長的線段分成無限多線段的和，把有限的時間可以完成的運動，分成無限多段很短的時間來完成。一下子就點出這個悖論的問題所在。」

達力對吉米的稱讚並未熱情回應。

吉米則把友伴的沉默當成謙虛，還是一股腦兒的說著精彩的論辯。「我等著看你一口氣解決這些悖論！好期待！如果十年一次的大競技時比的是解決這種悖論問題，那麼你一定可以奪冠的！」

十年一次的大競技？達力不禁會心一笑。他很清楚友伴吉米從小就熱衷任何競賽，鐵定是不會缺席的。但他本人卻沒啥心思準備，對他而言，謨爾老人之謎是唯一的問題，其他的悖論都不值一提。

吉米原想繼續暢談下去，但看達力神色有異，不免也覺得沒趣，先是支支吾吾，之後也陷入緘默。

然後，不習慣無言的吉米還是先開口了：「雖然你算不簡單的了，但他們的測試技術也愈來愈厲害，不是嗎？你一再說你

看到的那個景況真的像什麼似的，但事實上，他們爐火純青的畫面可是連你這老手也給唬住了！」經過稍早的躊躇，吉米最後還是決定乾脆把話講開來，他知道侵擾達力的景象是促使他們沉默的原因。

「但我查過了，那並不是我要負責的測試。」

「你怎麼知道?」

達力把之前查看實驗清單的事簡略的講了一遍。

「但也許這次他們打算不跟你明說，直接就讓你測試。」吉米仍然認為這只是另一個實驗，而且是空前超炫的實驗，因為達力所轉述的景象確實栩栩如「真」。

「讓我測試?」達力很急著取得友伴的認同。「是測試我吧?」

「你知道你在說什麼嗎?」吉米的反應顯示他也很著急。

「我知道我看到什麼、聽到什麼、聞到什麼……」

「好啦！你不要再說那些沒意義的話了，我們都一直在看、在聽、在聞，我們有相同的感官結構，你無法證明只有你所看到、聽到及聞到的世界才是實在的！」吉米兩手搭在達力肩上，並且急切的搖晃著達力。「再說，你剛才說他們在測試你，你知道這個指控有多嚴重?」

測試忠誠──測試對網路世界的信念是否堅定不移。這個念頭同時在兩個從未懷疑過對方的友伴腦裡盤旋，這使他們雙雙又陷入了接下來的沉默。

5

「有人對我說我們其實是在洞穴裡。」沉默的空氣不知停滯
多久，達力又毅然開口捲起新的旋風。

「洞穴裡?」

「是的。」

「那跟你說話的那個人，又在哪裡呢? 洞穴外嗎?」

「嗯。」

「這個幻想故事很有趣。」原來只是個故事，吉米感到輕鬆
多了。

「是，他用柏拉圖的老寓言來告訴我: 我們是在洞穴裡。
至於我們所知覺的這一切都是假的。」達力搶著在吉米岔開話題
前盡量一口氣把話說完。

「假的? 但這一切、早在我們出生前就存在的世界，憑什
麼說是假的? 我們憑什麼相信有個洞穴外的世界? 而且那還是
真的?」吉米的問題如連珠炮，火力全開。

「呀! 我還來不及反應就讓你喚回來了。」達力故作俏皮樣，
幽幽的說。

「從哪裡喚回來?」

「洞穴外。」

「你是說你的夢中?」

「我想你一定會堅持說那是在夢中。不過那個人說: 那是

實在界。」

　　吉米冷不防倒抽一口氣，「實在界」這個名詞就算不是禁忌，至少也是敏感的。他不懂達力為什麼可以那麼一派輕鬆的說出這個字眼。

　　「他，謨爾，那個老人，還說……」

　　「夢囈！鬼話！胡扯！不懂你為什麼還當一回事？」吉米睜大雙眼，一副不可置信的樣子。

　　「我應該相信什麼？不應該相信我所看到、聽到、聞到的嗎？那些確實都是我清楚知覺到的。」

　　「這是兩個層面的問題，我的大天才！分析事情不是你最擅長的嗎？不知你的腦袋掉到哪裡去了？」

　　面對友伴毫不客氣的譏誚，達力並未動怒，反而覺得有趣。「說說看，有哪兩個層面？」

　　吉米覺得以達力的聰慧，現在一再表現出不清不楚的樣子，根本是在裝糊塗、耍白癡，不過念在他真的生病了，吉米想自己就多順著他點好了。

　　「首先，我們可以知覺到事情，這是一個層面，我想這部分我們並無異議。」

　　達力點頭表示同意。

　　「而你說你覺得那個洞穴外的世界是真的，所以我們現在這個洞穴內的世界是假的，這是另一個層面。」

　　達力再次點頭表示同意。「呀，如果你接受柏拉圖的那個洞

穴寓言，我想我們的問題就是第二個層面的問題。」

　　吉米也用點頭回應友伴。「至少你比剛才清醒多了。」

　　「他們說我們在洞穴裡，意思是說我們看到的都是幻象。」

　　「就算我們真的是在洞穴裡，難道我們看不到他們嗎？」

　　「透過洞口熹微的光，我們確實可以在洞穴裡的壁面，看到他們模糊的身影。」達力將從謨爾處聽來的故事，現買現賣給吉米。

　　「是嗎？我可從來都沒看到啊！」

　　「因為人為干擾，所以很不清楚。」達力說得輕鬆，其實心裡開始沉重起來。

　　「對啊！我正在想工程師什麼時候才會出現呢！如果這些所謂的洞穴外的人膽敢出現在我們面前，騷擾我們的生活，破壞網路的秩序，那麼工程師自然會偵測到，並且解決他們！」吉米憤怒、驚恐中還夾雜著興奮。頓時間，達力竟也陷入了兩難：達力相信吉米，所以不會馬上否決吉米所說的話；但是吉米也相信他們所在的世界，這又使得達力很難相信友伴說的話。目前，這兩種信念還難分軒輕。

　　但之後呢？達力不敢往下想。「吾愛凱撒，吾更愛羅馬。」◀這當中誰應該是凱撒？誰應該是羅馬呢？

6

　　吉米已經付出較平常還高三倍的注意力，但達力說的景象

▶ 引自莎士比亞 (William Shakespeare, 1564–1616)《凱撒大帝》(*Julius Caesar*) 中布魯塔斯 (Marcus Junius Brutus, 85–42 B.C.) 所言。原文為：Not that I love Caesar less, but I love Rome more.

——即使只是個故事——仍然太詭異，同時也太敏感了，以致他不由自主的一直想要避開。但他也無法充耳不聞，因為這種詭異就像磁石一樣吸引他，讓他一直想要傾聽，就好像吸引達力身陷其中一樣。而且，正因為這是禁忌的敏感話題，他覺得與其讓達力哪天不小心告訴了別人，倒不如就讓這成為他們兩人之間的祕密。

他不能失去達力，特別是十年一次的大競賽就要開始了。

這個大競賽是這個運作得超級順暢的國度裡，少數會有意外結果的事情，也因此格外令人期待。為了增加刺激，這個十年一次的競賽，總是在比賽前三個月才公布規則；而依照最新公布的比賽規則，任何覺得可以技冠群雄的人都可以組隊參加。時間急迫不是問題，問題在於參賽者要到比賽當天才知道比賽內容為何，所以找到信得過的夥伴，要比練習來得重要。當然，如果有個平日就在一起切磋琢磨的友伴一起組隊，那麼勝算就更大了。

比賽獲勝隊伍可以蒙元首袁魯爺召見，並且元首將依例實現獲勝隊的願望。這麼榮耀又刺激有趣的事，吉米不知盼了多久。以前年紀還太小，各方面的見識及經歷也都不足。現在可不一樣，他一路跳級接受精英訓練，再加上有達力作伴，肯定是天下無敵！

唯一讓他擔心的只有達力的失神……。

他斜瞄了達力一眼，發現達力正注視著自己，他想：達力

也許在擔心自己會出賣他。

　　「你可以相信我的精算。」吉米很慎重的把話一字一字吐出，像是心跳聲的回音。「就像我相信你的天才一樣。」

　　「怎麼說?」達力覺得吉米話中有話。

　　「我需要你，我的老搭檔。我們要合組一隊去比全國大賽，在這之前，希望你快點好起來，不要再有那種無預警的失神。」

　　達力心裡吶喊：我也不希望讓失神纏上啊!

　　吉米用前所未有的嚴肅表情看著一起嬉鬧長大的友伴，並堅定的說:「如果你心裡有話或是身體不舒服，就跟我說吧! 而且就請只跟我一個人說，我會為你保守祕密的。」

　　達力回應吉米的目光，同樣也是一臉嚴肅。

　　頓時間，似乎是憋悶了，吉米又露出久違的頑皮笑容:「怎樣? 你總可以相信我吧? ——還是，連我也是不實在的?」

進階閱讀

　　在這一章中，達力第一次誤闖了謨爾所處的實在界，並感到驚訝不已！其實這一章所談的，是延續了第一章所探討的「虛幻」和「真實」的界限問題，並帶入了柏拉圖著名的理型論和洞穴比喻，以進一步說明這個古老的哲學問題。

　　柏拉圖是古希臘哲學、整個西方哲學乃至西方文化最偉大的哲學家之一。柏拉圖是蘇格拉底的學生，亞里士多德則是柏拉圖的學生，三人對古希臘以及後來的西方思想和文明具有深遠的影響。

　　柏拉圖才思敏捷，著述頗豐。以他的名義流傳下來的著作有 40 多篇，另有 13 封書信。柏拉圖的主要哲學思想都是通過對話的形式記載下來的，而且大多是以蘇格拉底之名進行的談話。在這些對話中，人物性格鮮明，場景生動有趣，語言優美華麗，論證嚴密細緻，內容豐富深刻。

　　柏拉圖試圖掌握有關個人和大自然永恆不變的真理。柏拉圖認為，自然界中有形的東西是變動不居的，但是構成這些有形物質的形式或理型卻是永恆不變的。例如：當我們說到「狗」時，我們沒有指任何一隻狗，而是稱任何一種狗。而「狗」的含義本身獨立於各種狗（「有形的」）之外，它不存在於空間和時間中，因此是永恆的。但是某一隻特定的、有形的、存在於

感官世界的狗，卻是變動不居的、會死亡的、會腐爛的。這就是柏拉圖著名的「理型論」。依理型論，我們對那些變動不居的事物不可能有真正的認識，我們對它們只有意見或看法；我們唯一能夠真正瞭解的，只有那些我們能夠運用理智來認知的「形式」或是「理型」。

柏拉圖曾在其《理想國》(*The Republic*) 中用著名的洞穴比喻來解釋理型論：有一群囚犯處在一個洞穴中，他們的手腳都被捆綁，身體也無法轉身，只能背對著洞口。他們面前有一堵白牆，他們身後則燃燒著一堆火。在那面白牆上，他們看到了自己以及身後到火堆之間事物的影子。由於他們看不到任何其他東西，因此這群囚犯自然以為影子就是真實的東西。然而有一個人掙脫了枷鎖，並且摸索出了洞口。他第一次看到了真實的事物，並返回洞穴，試圖向其他人解釋：其實那些影子只是虛幻的事物。然而對於那些囚犯而言，掙脫了枷鎖的那個人，似乎比掙脫了枷鎖之前更加愚蠢，因為他們堅信：除了牆上的影子之外，世界上再也沒有更真實的其他東西了。

柏拉圖用這個比喻告訴我們：「形式」就像是陽光照耀下的實物；而我們的感官世界所能感受到的，不過是那白牆上的影子而已。相較於鮮明的理型世界來說，我們的感官世界所能感受到的，是黑暗而單調的世界。不懂哲學的人看到的只是那些影子，而哲學家則是在真理的陽光下看到真實的理型世界。

蘇格拉底 (Socrates, 470–399 B.C.)

　　古希臘偉大哲學家，是西方偉大哲學家柏拉圖的老
師。蘇格拉底的哲學方法，可稱為「對話術」或「助產
術」，即將自己扮成思想上的助產醫師，透過理性的思
索或討論，以便幫助思想問答的對方發現客觀的真理。
西元前 399 年，三位雅典市民控告蘇格拉底「不敬神」
和「腐化雅典市民」，法庭並判他死刑。坐牢期間，蘇
格拉底仍與弟子侃侃而談人生的智慧等問題，並不聽眾
人要他設法逃獄的勸告，從容服毒而死。

柏拉圖 (Plato, 427–347 B.C.)

　　西方第一個曠世哲學奇才，其哲學盡收之前的希臘
哲學思想，而形成雄偉精深的哲學體系，並構成了兩千
餘年來西方思想的根本型態。換言之，自柏拉圖之後，
西方哲學家都深受其哲學的影響。

亞里士多德 (Aristotle, 384–322 B.C.)

　　在西方哲學史上，亞里士多德對於後代思想的影
響，可說僅次於他的老師柏拉圖。至於西方諸分殊科學
（如邏輯、物理學、倫理學、動物學、詩學等）的成立，
則可完全歸功於亞里士多德。尤其邏輯此一學問，純為
亞里士多德所創，影響西方人的思想方法至為深遠。

3

超級大難題

1

「有相同感官的人卻無法感知你所感知的事物，可見那是不存在的。」達力耳際縈繞著吉米昨天錯誤的推論。「有相同感官的人無法感知的事物，並不表示就是不存在的，因為吉米總不會感覺到我的疼痛吧？而疼痛卻是實在的！」達力開始喃喃自語了起來，同時心裡浮現了上個禮拜足足折騰了他一個晚上的牙痛。「如果是這樣的話，那麼是不是有相同感官的人都感知到的事物，就一定是存在的呢？」

乍看之下，這個問題再簡單不過了！「吉米和我有相同的感官。如果吉米也同樣看到眼前這張桌子，那這張桌子當然就一定存在了，不是嗎？」達力用力敲了敲眼前的桌子，好像這樣才能讓自己的推論更篤定一樣。「當然啦！如果有一百個、一千個、甚至一萬個和我有相同感官的人都同樣看到眼前這張桌子，那這張桌子不就更一定存在了呀？」

這真是再簡單不過的問題了！達力不由得洋洋得意了起來。不過達力馬上就從片刻的喜悅中甦醒過來了：照這樣說來，眼前這張桌子的存在與否，好像可以用公民投票決定一樣？如果是這樣，那麼只要大多數人都說存在的東西，就一定是存在的囉？而且照這樣說來，「桌子的存在」好像還有等級之分——這張桌子難道可以比那張桌子「更存在」嗎？這又是什麼意思呢？「如果是這樣的話，那麼我和吉米究竟誰『比較存在』呢？」想

到這裡，達力一方面不由得噗嗤的笑了出來，另一方面卻又愈想愈頭痛了！達力隱隱知道自己已經陷入了一個大難題中了！

2

「大天才，又恍神啦？」正當達力陷入五里霧中時，吉米不知何時早已來到身邊。

「有相同感官的人卻無法感知你所感知的事物，可見那是不存在的囉？」達力狐疑的看著吉米，等著他再回答一次。

「當然是這樣呀！」吉米又為自己昨天「無懈可擊」的推論背書了一次。

「我們兩個人有相同感官，對吧？可是你顯然並沒有感覺到我上個禮拜的牙痛呀——雖然我牙痛得要命！難道你要說我的牙痛並不是事實？」達力終於逮到機會回擊了！

「喔！所以你的意思是說：有相同感官的人卻無法感知你所感知的事物，這並不表示你所感知的事物並不存在。是吧？大天才！」吉米故作鎮定的說。

「完全正確！」達力說：「所以我昨天恍神時所感知的事物，也許在某個意義上說來的確是存在的囉？至少你沒有辦法證明我所感知的事物根本不存在！」

這段話換來了吉米無言的回應。

「那麼，我再問你：有相同感官的人都感知到的事物，是不是就一定是存在的呢？」達力乘勝追擊的問道。

「你好像很喜歡繞口令呀？說簡單一點，我聽不懂。」吉米好像開始不耐煩了起來。

「好吧！我的問題是：所有人都看到的事物，是不是表示那個事物就一定存在呢？」

「這還用問嗎？當然存在呀！」吉米開始擔心起達力這個老朋友的精神狀況來了。

「當然不是！」達力斬釘截鐵的說道：「我現在要證明：所有人都看到的事物，並不表示那個事物就一定存在。為了把我的問題具體化，我們現在把注意力集中在眼前這張桌子上。你也看到了這張桌子吧？」達力問道。

「是的！」吉米不知道達力葫蘆裡究竟賣什麼藥，不過這個時候只能配合演出就是了。

「它看起來是長方形的、棕色的，而且還有些光澤。它摸起來是光滑的、冷的、硬的。當我敲它的時候，我聽到木器的聲響。我想任何人見到、摸到這張桌子，並聽到它的聲音，都會同意我這樣的描述，是吧？」

「是呀！這又有什麼問題呢？」

「表面上看來好像沒有問題。但是，只要我們更進一步思考，我們的麻煩就開始了。」達力停了一下，等著吉米先消化一下剛才的話，然後接著說：「雖然我們都相信這張桌子的顏色應該是單一的，可是你注意到了嗎？桌子反光的部分看起來比較明亮，甚至看起來還是白色的。」

「是呀！那又怎樣呢？」

「現在更奇怪的事要發生了！如果我移動一下身體，那麼反光的部分便會不同，所以桌子的顏色分布也會有所改變。」

「你為什麼要管那麼多呢？只要能夠用得著桌子、能夠在上面放杯咖啡，我們為什麼要管它的顏色分布呢？」吉米覺得達力的問題實在是無聊極了。

「你實在是有所不知呀！我的好朋友！」達力說：「如果是這樣的話，那這豈不表示：如果這世界上的所有人都同時看著這張桌子，那麼就絕對不會有任何兩個人看到同樣的顏色分布。因為世界上沒有兩個人能恰好從同一個觀點來看著這張桌子；而觀點的改變，都會使光線反射的方式發生變動。」

「所以呢？」吉米問道。

「問題還沒結束呢！」達力說：「如果不同的觀點會使桌子的顏色產生改變，那麼我們現在就可以有一個驚人的大發現：很顯然沒有一種顏色可以代表桌子真正的顏色！因為從不同的觀點觀察，桌子就有不同的顏色；而且我們也沒有理由認為你觀察到的顏色，比起我所觀察到的『更』是桌子『真正』的顏色。」

「好吧！那我就讓你好了。」吉米快要豎起白旗投降了，於是便心生此計：「那就讓我們約定：凡是從你的觀點所觀察到的顏色，就是桌子『真正』的顏色，這不就解決了問題了嗎？」

「你要讓我也沒有用的。」達力說：「因為更有趣的問題還

在後頭——即使是同一個人站在同一個觀點來看這張桌子，也會產生問題。」達力接著說：「有時候我們是在白天、自然光線下觀察這張桌子，有時候我們是用日光燈來照明這張桌子。而且如果觀察的人色盲或者戴著藍色眼鏡，桌子的顏色就會因此而有所不同。而在黑暗中，桌子就完全沒有顏色可言。在上面這些情況中，儘管摸起來、敲起來，桌子都沒有改變，然而它的顏色卻有這麼多可能。」

「所以呢？」吉米開始著急了起來：「如果是這樣的話，那麼這張桌子『真正』的顏色究竟是什麼呢？」吉米問道。

「所以囉！」達力說：「根本沒有什麼顏色是這張桌子『真正』的顏色！」

「哇！怎麼會這樣？」吉米吃驚的大叫。

3

「或者我們應該這樣說。」達力補充道：「『顏色』根本就不是這張桌子本來就有的東西。『顏色』是依賴於桌子、觀察者以及光線投射到桌子的方式而定的東西。」

「在日常生活中，當我們說桌子『真正』的顏色的時候，我們只不過是指在通常的自然光線下、對一個站在『一般觀點』上的『正常觀察者』而言，這張桌子所呈現的顏色。可是什麼是『一般觀點』？是你的觀點還是我的觀點？而什麼又是『正常觀察者』呢？是你還是我？又憑什麼說誰才是『正常觀察者』？

誰說的才算數呢?」達力追問道。

「還不只是這樣而已!」不等吉米會意過來,達力又繼續追問:「在其他條件下桌子所呈現出來的其他顏色,為什麼就不能自己跳出來說:自己才是桌子『真正』的顏色呢?」

「你說的好像很有道理!」吉米回應道。

「所以囉!」達力說:「為了公平起見,我們就不得不承認桌子本身並沒有所謂『真正』的顏色了。」

「好吧! 就算桌子本身並沒有所謂『真正』的顏色。」吉米回過神來說道:「可是它總還是有質感、形狀吧? 而且我敲它的時候,我還感覺到『硬』的感覺。這些總不會都是不存在的吧?」

達力這時候用勝利者的眼光看著吉米,好像在等著吉米再次豎白旗投降一樣。「什麼?」吉米大叫道:「難道你要告訴我:連『質感』、『形狀』、『硬』的感覺都是不存在的?」

這個結論吉米實在是太不能接受了!

「當然啦! 或者我們應該這樣說:桌子並沒有所謂『真正的質感』、『真正的形狀』或『真正的觸覺』這些東西!」達力補充道:「『質感』、『形狀』或『觸覺』根本就不是這張桌子『本來就有』的東西。」

「讓我們先從質感說起吧!」達力繼續說道:「一個人用肉眼來觀察桌子,會發現桌子是光滑、平坦的。可是如果我們用顯微鏡來觀察桌子,那麼我們就會看到粗糙不平的表面了。如果是這樣的話,那麼哪一個才是桌子『真正』的質感呢?」

「當然要相信顯微鏡了，顯微鏡所看見的才是『更實在』的桌子!」吉米斬釘截鐵的說，臉上還露出許久未見的得意微笑。

「那如果我們用一架倍數更高的顯微鏡來看桌子，結果又會怎樣呢?難道我們就要相信倍數更高的顯微鏡嗎?」達力問道。

「是呀! 有什麼不對呢?」吉米不知道這算什麼問題?

「如果我們不能相信用肉眼所看見的東西，又為什麼應該相信透過顯微鏡所看見的東西呢?」達力問道。

這次又換來吉米的無言以對了。

「所以囉! 桌子根本就沒有所謂『真正的質感』! 就像桌子根本就沒有所謂『真正的顏色』一樣!」達力露出了勝利者的微笑。

「這實在是太詭異了!」吉米好不容易才從驚訝中醒過來:「如果你現在告訴我，『形狀』或『觸覺』也根本就不是這張桌子『本來就有』的東西，我想我也不會太驚訝了。」

4

「你終於開竅了，我的朋友!」達力繼續娓娓道來他那平凡事物下所隱藏的最令人驚奇的故事:「現在讓我們來談談桌子的形狀吧!」達力停頓了一下，看著吉米說:「談到桌子的形狀，也不會比桌子所謂『真正的顏色』、『真正的質感』更好一些。在日常生活中，我們都習慣按照物體『真正』的形狀來作判斷。而且我們在作判斷時，簡直是到了不假思索的地步，這讓我們

誤以為自己的確看到了物體『真正』的形狀。」

「這又有什麼不對呢?」吉米還是像隻無頭蒼蠅一樣,不知道達力要說什麼。

「你不是我們班上的小畫家嗎?」達力看著吉米說:「我想關於繪畫的經驗,你一定比我豐富的,不是嗎?」

「事實上,在繪畫之前,我們必須先知道一件事情:同樣的物體如果從不同的觀點來觀察,形狀便會有所不同。這是繪畫課的 ABC!」吉米趁機向達力上了一堂繪畫課。回想起小時候怎麼畫東西都覺得不像。有一天正在懊惱之餘,突然自己發現了「透視」的觀念! 想到這裡,吉米不由得就得意了起來。原來自己的確有繪畫的天分呀!

「好極了!」達力說道:「當我們在房間內走來走去的時候,我們所看見的東西也常常會改變形狀,是不是?」

「沒錯!」

「想想看一張我們認為是長方形的桌子: 不管從哪個觀點來觀察,桌子好像都有兩個銳角和兩個鈍角,不是嗎?」

「是呀!」吉米回應道。

「再想想長方形的桌子的對邊: 我們認為它們是平行的,可是看起來這一對對邊卻好像會在遠處交會於一點一樣。」達力繼續說道:「還不只如此呢! 我們又會認為長方形桌子的對邊長度相等,可是看起來,好像距離我們較近的一邊,長度比較長些。可是,當我們在觀察一張桌子的時候,我們好像都沒有注

意到上面所說的這些情況。這是為什麼呢?」

「願聞其詳。」吉米追問道。

「照這樣看來,桌子所謂『真正的形狀』好像完全是我們構想出來的一樣!因為我們所真正看到的,並不是桌子『真正的形狀』;而桌子『真正的形狀』,好像完全是從我們所看到的東西之中推論出來的東西。可見感官經驗根本就沒有辦法給我們關於桌子本身的真理,而只不過提供關於桌子的現象而已,不是嗎?」

「應該是這樣吧?至少我現在還聽不出來你講的哪裡有問題。」吉米這個時候就像隻洩了氣的公雞,有氣無力的回應道。

「最後再讓我們來談談觸覺吧!」達力打開了話匣子繼續說道:「這張桌子當然給我們『硬』的感覺,而且我們也感覺得到它的確能承受壓力。可是在大多數情況下,桌子給我們的感覺是什麼,卻取決於我們究竟用多大的力量去壓它,也取決於我們究竟是用身體的哪一部分去壓它。不是嗎?」

「是是是,你說得對!」吉米開始不耐煩起來了。

「所以囉!」達力說:「不同的壓力或用到身體不同的部分,都會使得桌子給我們的感覺有所不同。既然是這樣,那麼『硬』的感覺當然就不能夠是桌子『真正』的性質了。同理當然也適用於敲桌子時所引起的聲音了。」

「好呀!達力,你接下來能不能告訴我:你得到這些結論的目的是什麼呢?因為我已經眼花撩亂、不知道你的重點了。」

「如果是這樣的話，那麼接下來我就會有一個驚天動地的大發現了！」達力高興的大聲說道。

「『顏色』、『質感』、『形狀』或『觸覺』根本就不是這張桌子『本來就有』的東西。」達力說：「當我們兩個人在觀察這一張桌子的時候，我看到的桌子顏色，可能和你所看到的桌子顏色不同。同理也適用於桌子的質感、形狀或觸覺，是吧？」

「好像沒錯吧！」吉米說。

「所以囉！」達力斬釘截鐵的說道：「所有人都看到的事物，並不表示那個事物就一定存在。因為我們怎麼確定不同的人看到的是同一個事物呢？」

「還不只是這樣呢！既然桌子並沒有所謂『真正的顏色』、『真正的質感』、『真正的形狀』或『真正的觸覺』這些東西，那麼我們又怎麼能確定真的有這張桌子存在呢？」達力追問道。

「啊！什麼？你說這張桌子其實根本就不存在？」吉米實在不敢相信自己的耳朵！「你是不是嗑藥啦？」

5

「別急，聽我慢慢解釋。」達力繼續說道：「當我們在觀察這張桌子時，我們好像得戴著一副眼鏡。眼鏡就像是感官經驗所告訴我們的東西，不是嗎？」

「是呀！」吉米說。

「可是戴著眼鏡，終究是無法確定桌子『真正的樣子』，不

是嗎?」

「是的。如果能夠不戴眼鏡的話,那當然最好啦!」吉米開始得意起自己的視力起來了。

「可見戴著眼鏡所看到的,並不是桌子『真正的樣子』,而只不過是桌子『看起來的樣子』而已!」達力繼續解釋道:「讓我們把桌子『看起來的樣子』稱為桌子的現象,而把桌子『真正的樣子』稱為桌子的實在好了。這樣一來,我們就可以說:戴著眼鏡所看到的,只不過是『現象』而已;我們戴著眼鏡是絕對看不到『現象』背後的『實在』的。換句話說,我們無法確定『現象』真的忠實代表、呈現了它背後的『實在』,不是嗎?」

「是的。」雖然吉米已經頭昏了,不過他還是覺得適時回答別人的問題,應該還是一種禮貌才是。

「既然我們戴著眼鏡所看到的事物,就像是感官經驗所告訴我們的事物一樣,只不過是『現象』而已,那麼在日常生活中,我們為什麼又會不假思索的相信『現象』或多或少代表、呈現了背後的『實在』呢?這是不是很有問題?」達力繼續解釋道。

「是呀!有什麼不對呢?」吉米追問道。

「問題可大呢!」達力大叫道:「問題是:我們又怎麼確定『現象』背後真的有任何『實在』呢?就算真的有任何『實在』存在,我們又怎麼知道它的樣子?」

「吉米呀!」達力繼續說道:「難道你不會覺得這個問題實

在讓我們百思不得其解嗎？讓我驚奇的是：即使是日常生活中所熟悉、毫不起眼的桌子，竟也能引起一大堆難解的問題來！」

這時候吉米看著達力，好像正在思索著回應的對策一樣。

「而且更讓我驚奇的是：桌子還很可能並不是它表面上看起來的樣子呢！如果是這樣的話，那麼也許根本從頭到尾就不曾有『桌子』存在呢！」

6

「你的問題實在很奇怪！」這下睡獅終於醒了。「我問你：如果這張桌子根本就不存在，那麼我們又為什麼會感覺到它的顏色、質感、形狀或觸覺呢？」吉米開始抗議道：「換句話說，如果沒有『實在』的話，那麼又怎麼會有『現象』存在呢？難道『現象』是天上掉下來的或憑空出現的？所以你一定是嗑藥了！」

「我的好朋友呀！你能不能再說一次？我聽不太懂。」這下換成達力墜入五里霧中了。

「我的意思是這樣的。」吉米索性拿起地上的一塊石頭說道：「請問這塊石頭存不存在呢？」

「從我的觀點觀察這塊石頭，我的確看到了它的形狀和顏色。我想摸起來，它應該是硬的吧？」達力說道。

「這不就對了？」吉米說道：「如果這塊石頭竟然不存在，那麼請問你為什麼會看到它的形狀和顏色呢？而且，如果這塊

石頭竟然不存在，那麼如果我用這塊石頭朝你丟過去，你又為什麼會覺得痛呢?」

「我想這是個謎吧!」達力回應道。

「什麼?」吉米實在快昏倒了。「難道用石頭丟你，你還是不確定這塊石頭究竟存不存在?」

「你剛才是不是說: 我一定是嗑藥了，所以才會說即使沒有『實在』，仍然可能會有『現象』存在，是不是?」達力追問道。

「是的，這正是我的問題!」吉米得意的笑了出來。

「所以你是不是認為: 如果沒有『實在』的話，那麼『現象』就像是天上掉下來的或憑空出現的，而這是不可能的事情，是不是?」

「是呀!」吉米一點都不覺得這有什麼不對。

「你確定真的是不可能的嗎?」達力繼續追問道:「如果沒有『實在』的話，難道『現象』就不可能憑空出現嗎? 那嗑藥後所產生的幻覺又是怎麼回事呢? 作夢又是怎麼回事呢? 海市蜃樓又是怎麼回事呢?」

「換句話說，」達力說道:「『嗑藥後所產生的幻覺』、『夢』和『海市蜃樓』都是實實在在的現象，而且就某種意義來說，它們還都是憑空出現的現象，可是它們背後的確都沒有『實在』呀，不是嗎?」

吉米又開始無言以對了，雖然他還是一直無法相信自己的

耳朵!

「所以囉!」達力繼續說道:「如果這張桌子根本就不存在,
而我們又的確同時感覺到它的顏色、質感、形狀或觸覺,我想
這只能說是個謎呀!」

「好吧!」沉默了一會兒,吉米終於又想到回擊的辦法了。
「那你能不能告訴我:如果我用這塊石頭朝你丟過去,你為什
麼會覺得痛呢?難道你的痛是因為一塊不存在的石頭引起的?」

「我只能夠說:我的確實實在在的感覺到痛!」達力回應道。
「不過我卻不能確定這個『痛』究竟是什麼東西引起的。我想
這大概是世界上最值得驚奇的事情之一了!」

進階閱讀

　　世界上有沒有什麼東西是真實、確定而絕對不能懷疑的呢？乍看之下，這個問題實在是再簡單不過了——在大多數情況下，舉凡眼睛所見、耳朵所聽等等我們五官所感受到的東西，我們都不會加以懷疑。不過在這一章中，達力卻透過其思想探險，向我們指出上面這個問題的複雜與困難！只要我們深入探討上面這個問題，我們就會發現：對上面這個問題直截了當的回答，一定會遭遇難以克服的障礙；而一旦瞭解了這些障礙背後的理由，我們就算是踏入了哲學的研究之中了。

　　此外，在這一章中，我們還會發現：在哲學研究中，我們通常會先探討問題之所以令人感到困惑的原因所在，並因此認識到了潛伏於我們日常觀念背後的種種模糊與混亂，然後再試圖對問題提出站得住腳的答案。這就是哲學研究的特性：哲學研究並不像我們在日常生活中或在科學中那樣粗率、武斷的回答問題。

　　事實上，「世界上有沒有什麼東西是真實、確定而絕對不能懷疑的？」這個問題，實在是我們所能提出的所有問題中，最困難的問題之一了！在日常生活中，我們會認為很多事物是真實、確定的。可是一旦仔細加以思考和觀察，我們就會發現：起初所認為的真實、確定的事物，竟是充滿了明顯的矛盾！這就讓

我們不得不懷疑是否有真實、確定的事物存在了。

　　在探討「真實、確定的事物」時，我們很自然會從自己現有的經驗出發。然而經驗所告訴我們的，卻很可能是錯誤的。我以為自己現在正坐在一張椅子上寫著小說，面前則是一張放著電腦的桌子。我看到桌上有一些書籍。我轉過頭看著窗外，看到窗外的建築物還有藍天白雲。我相信地球是太陽系中離太陽最近的第三個行星，而且太陽還遠比地球大得多。我相信由於地球的自轉，太陽每天早上都會從東方升起，而且明天、明年甚至一百年後，太陽還會繼續從東方升起。此外，我還相信：如果現在有一個正常的人走進我的房裡，他也會像我一樣看到這張椅子、這張桌子、書籍和電腦。所有這一切似乎都非常真實、確定；既然如此，那還有什麼好懷疑的呢？

　　對此，讓我們首先介紹幾個簡單的哲學術語。讓我們把五官所直接感受到的東西稱為感覺與料 (sense data)，如顏色、聲音、氣味、硬度、粗細等等；而直接察覺到感覺與料的經驗，則稱為感覺。這樣一來，我們就可以說：如果我們要認識一張桌子，我們就一定要藉著感覺與料（如棕色、長方形、平滑等等），因為在認識這張桌子的時候，我們一定要把感覺與料和桌子聯繫在一起，這樣才有可能認識這張桌子。對此，讀者可以想像自己是戴著一副眼鏡來觀察世界；而眼鏡上所呈現的東西，就是感覺與料。

　　顯然，在觀察同一張桌子的時候，不同的人便會有不同的

感覺與料：因為不同的人是站在不同的觀點來觀察桌子，而不同的觀點所觀察到的桌子，其顏色、形狀便會有所不同。此外，即使是相同的人站在同一個觀點來觀察桌子，所得到的感覺與料，也會因為不同的時空條件而有所不同。

如果是這樣的話，那麼我們就被迫得接受下面這個結論：感覺與料絕對不是桌子的性質，因為感覺與料會因不同的人、不同的觀點或不同的時空條件而有所不同，可是在一般情況下，「桌子的性質」卻應該不會因不同的人、不同的觀點或不同的時空條件而有所不同。對此，想像一下當我們透過眼鏡來觀察一張桌子時，眼鏡上所呈現的東西（即「感覺與料」），當然不能等同於桌子的性質。

若是如此，那麼困難的哲學問題就會接踵而至了！哲學家會質問道：「感覺與料」和「實在的桌子」（如果有這樣的東西存在）之間的關係是什麼？除此之外，我們還必須回答下面這兩個難解的哲學問題：

(1)究竟有沒有一個「實在的桌子」存在呢？
(2)如果「實在的桌子」存在，那麼它究竟又是什麼樣子呢？

為了便於討論起見，讓我們稱「實在的桌子」為「物理事物」，而稱「物理事物」的總和為「物質」。如此一來，我們又可以進一步討論下面這兩個哲學問題：

> (1)究竟有沒有「物質」這樣的東西呢?
>
> (2)如果有「物質」這樣的東西,那麼它的性質又是什麼?

　　18 世紀時,愛爾蘭著名哲學家柏克萊曾經針對第一個問題
提出回答。柏克萊認為我們感官的直接對象(即「物質」),並
不能獨立於我們的知覺之外而存在。為此,柏克萊曾著有《海
拉斯及菲洛奴斯的三段對話》,以便試圖證明根本就沒有「物質」
這樣的東西。在這三篇對話錄中,海拉斯相信有「物質」這樣
的東西存在,可是他卻不是菲洛奴斯的對手,因為菲洛奴斯不
費吹灰之力,便使得相信「物質」存在的海拉斯陷於自相矛盾
的境地。

　　事實上,柏克萊以及很多哲學家都主張:除了心靈以及心
靈所感知的感覺與料之外,不可能有什麼東西是實在的。柏克
萊指出:我們的感覺與料,必定要依賴於我們而存在,因此感
覺與料必定是在心靈之「內」,也就是屬於「精神性」的事物。
柏克萊又繼續主張:我們的知覺所能向我們保證存在的唯一事
物,唯有感覺與料而已。既然感覺與料是屬於「精神性」的事
物,因此柏克萊得出如下結論:除了在心靈之內所存在的「精
神性」事物而外,我們無法認知到其他事物。柏克萊又認為:
當我們知覺到某一棵樹的時候,我們所直接認識的,是由感覺
與料所組成的;而關於這棵樹,除了被我們所知覺的感覺與料

之外，沒有任何其他的事物有理由可以被我們認為是實在的。因此，依柏克萊看來，所謂的「實在」，必定是在心靈之內、屬於「精神性」的事物；而所謂的「物質」，當然也是在心靈之內、屬於「精神性」的事物。柏克萊由此得出下列著名的結論：存在就是被知覺。這樣的哲學主張就叫做唯心論。除了在這一章外，我們在第七章也會對唯心論作進一步說明。

如果是這樣的話，那麼我們就可以進一步結論道：感官經驗所告訴我們的，不是和獨立於我們而存在的物理事物有關的真理，而只不過是和感覺與料有關的真理。而且感覺與料一定得依賴於我們和物理事物之間的關係。這樣說來，感官經驗所告訴我們的，只不過是現象 (appearance) 而已；而我們相信現象或多或少代表、呈現了現象其背後的實在 (reality)。可是如果現象並沒有忠實代表、呈現其背後的實在，那麼我們又如何確定真的有任何實在存在呢？如果真的有任何實在存在，那麼我們又如何知道它是什麼樣子呢？

上面這類哲學問題實在令我們困惑不已。由此可見：即使是我們在日常生活中所熟悉、毫不起眼的桌子，也能牽扯出一大堆哲學問題，而且桌子還很可能並不是它表面上看起來的樣子呢！另一方面，如果我們繼續作哲學思考的話，我們還得被迫接受下面這個可能性：也許根本從頭到尾就不曾有「桌子」存在！可見從事哲學研究，會使我們發現：在日常生活中，即使是最平凡的事物，背後也可能潛藏著令人驚奇的可能性和奧妙。

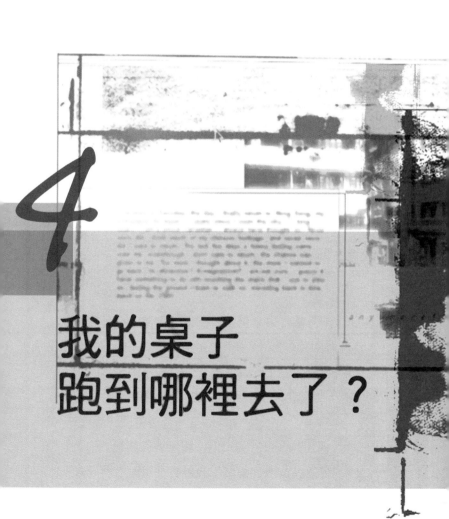

4

我的桌子
跑到哪裡去了?

1

「這實在是太讓人驚訝了！」吉米好不容易終於回過神來了。「那我問你：你平常又是怎麼過馬路呢？難道迎面而來的車子也是不存在的？」

「我的朋友啊！」達力說道：「如果我過馬路而被車子撞得鼻青臉腫的，這也並不能證明什麼呀！」

「為什麼呢？」吉米問道。

「我不是說了嗎？」達力說道：「即使沒有『實在』，仍然可能會有『現象』存在，因為『嗑藥後所產生的幻覺』、『夢』和『海市蜃樓』都是實實在在的現象，而且還都是憑空出現的現象，可是它們背後的確都沒有『實在』撐著。」

「所以囉！」不等吉米回話，達力繼續說道：「我看著迎面有一輛車子駛來，即使被這輛車子撞得鼻青臉腫的，我最多也只能說：這只不過是『現象』而已。我還是不能確定這『現象』背後是不是真的有『實在』撐著。」

「所以你的意思是說：即使你被車子撞得鼻青臉腫的，這也不能證明有『真正的車子』存在，是不是？」吉米得意的笑道。

「我不是說了嗎？我們在觀察外在世界時，總得戴著一副眼鏡才行。可是我們又怎麼肯定眼鏡不會扭曲事實呢？」達力問道。

2

「等等呀！我的朋友。」吉米突然制止了達力滔滔不絕、連珠炮似的說話方式。「你能不能再解釋一下：為什麼我們總得戴著一副眼鏡，才能觀察外在世界呢？難道不戴著眼鏡，就沒辦法觀察外在世界嗎？」

「喔！原來你還不懂！」達力突然發現自己腦袋裡的邏輯推論得太快了，所以他的朋友才會有點吃不消。

「我的意思是這樣的！」達力繼續解釋道：「『眼鏡』只是比喻而已。讓我們再回到桌子的例子吧！我剛才不是說：不同的人一定從不同的觀點來觀察這張桌子，而從不同的觀點所觀察到的桌子顏色、形狀等，也一定有所不同，是不是呀？」

「到這裡我還跟得上。」吉米點點頭。

「但桌子『真正的顏色』、『真正的質感』、『真正的形狀』或『真正的觸覺』應該不會因人而異才對呀！是不是？」

「可見我們每個人所觀察到的，一定不是桌子『真正的顏色』、『真正的質感』、『真正的形狀』或『真正的觸覺』！」達力繼續追問道：「既然是這樣的話，那麼桌子『真正的顏色』、『真正的質感』、『真正的形狀』或『真正的觸覺』究竟是什麼呢？」

「我想一定不是我們每個人所看到的樣子吧？」吉米說。

「太好了！」達力高興的說：「所以我們是不是得被迫接受下面這個結論：我們每個人所觀察到的桌子，只不過是桌子『看

起來的樣子』而已，而不是桌子『真正的樣子』！」

「我想我大概知道你的意思了！」吉米再次點頭。

「我不是說過嗎？桌子『看起來的樣子』就是桌子的『現象』，而桌子『真正的樣子』就是桌子的『實在』。」達力繼續解釋道：「換句話說，不同的人一定從不同的觀點來觀察同一張桌子，都會觀察到不同的『現象』；而這就相當於戴著一副眼鏡來觀察外在世界——眼鏡上所呈現的，就相當於『現象』！」

「喔！所以你的意思是說：我們一定得站在某個觀點才能觀察桌子。用『眼鏡』的比喻，這就相當於說：我們一定得戴著一副眼鏡，才能觀察桌子！」吉米好像開竅似的繼續說道：「所以不戴著眼鏡，根本就沒辦法觀察外在世界。因為『不戴著眼鏡』就等於『不站在任何觀點』；而我們根本不可能『不站在任何觀點來觀察桌子』！」

「好極了！你終於開竅了！」達力回應道：「不過在這裡有件事情要解釋一下。這有點複雜，所以你可要聽好了！」

「放馬過來吧！」吉米說道。

3

「我們會傾向於假定：『現象』不等於『實在』；而凡是不屬於『現象』的事物，就會屬於『實在』，反之亦然。」達力繼續解釋道：「所以囉！如果『站在某個觀點』（戴著眼鏡）所觀察到的是『現象』，那麼『不站在任何觀點』（不戴著眼鏡）所

觀察到的，應該就是『實在』了，是不是呀?」

「雖然我還不知道這個假設背後的理由究竟是什麼，不過我想還說得通吧!」吉米回應道。

「換句話說，既然『不站在任何觀點來觀察桌子』才可能觀察到桌子的『實在』──即桌子『真正的顏色』、『真正的質感』、『真正的形狀』或『真正的觸覺』，而『不站在任何觀點來觀察桌子』根本是不可能辦得到的事情，所以⋯⋯」達力故意賣個關子，因為他不知道吉米是不是已經睡著了。

「所以我們又怎麼知道桌子有所謂『真正的顏色』、『真正的質感』、『真正的形狀』或『真正的觸覺』這些東西呢?」吉米不僅沒有睡著，而且還接著說道。

「對極了!」達力繼續說:「所以我才會接著問你: 我們怎麼確定『現象』真的忠實代表、呈現了它背後的『實在』，而且又怎麼確定『現象』背後真的有任何『實在』呢? 畢竟『實在』必須是『不站在任何觀點』才能觀察到的呀! 而我們根本不可能『不站在任何觀點』來觀察事物!」

「我想我們的確沒辦法確定呀!」吉米開始承認達力的說法，的確是有那麼點道理的。「是啊!『不站在任何觀點來觀察事物』? 這到底是什麼意思?」

「換句話說，」達力接著說:「不管我們喜不喜歡，你一定得用你的眼鏡來看世界，而我則一定得用我的眼鏡來看世界。」

「是的! 看來這的確是我們沒有辦法逃避的命運。」吉米突

然多愁善感了起來。

「也就是說：你一定得用你的觀點來觀察桌子，而我則一定得用我的觀點來觀察桌子。」達力說道：「如果是這樣的話，那我們又怎麼知道我們所看到的是同一個世界、同一張桌子呢？」

吉米又開始無言以對了。

「搞不好我所看到的綠色，就是你所看到的紅色呢？也許我看到的桌子，就是你所看到的椅子。」達力繼續說道：「搞不好我所看到的世界，和你所看到的世界，剛好上下顛倒，這也說不定呢？」

「如果是這樣，那可慘了！」吉米繼續發揮演繹，說道：「搞不好我說『是』的時候，你理解成『不是』，是不是？」

「你的意思是說：當我說『狗』的時候，你說不定會理解成『馬』呢，是不是這樣呀？」達力問道。

「我們好像愈說愈扯了！」吉米開始擔心起來了。

「喔！這一點都不扯！日耳曼鐵血宰相俾斯麥不是曾經說過一段非常有趣的名言嗎？這是不是你要表達的意思呢？」達力問道。

「俾斯麥說了什麼呢？」吉米不解的問道。

「俾斯麥曾經說：當外交官說『好』時，他的真正意思是『也許』；當外交官說『也許』時，他的真正意思是『不』；當外交官說『不』時，他就不是外交官了！」

「這真的很有趣!」吉米說道。

「更有趣的還在後頭呢!」達力說道:「不過我想很多女性會不以為然吧!」

「說來聽聽!」吉米追問道。

「俾斯麥又接著說: 當女人說『不』時, 她的真正意思是『也許』; 當女人說『也許』時, 她的真正意思是『好』; 當女人說『好』時, 她就不是女人了!」達力說道:「你說這有不有趣呢?」

「喔! 所以我們是不是可以說: 我們一定得站在某個觀點, 才能瞭解別人說話的意思。這就好像我們一定得戴著一副耳機, 才能瞭解別人說話的意思!」吉米繼續說道:「所以不戴著耳機, 根本就沒辦法瞭解別人說話的意思——『不戴著耳機』就等於『不站在任何觀點』; 而我們根本不可能『不站在任何觀點』來瞭解別人說話的意思!」

「所以也許我們永遠都沒有辦法瞭解別人說話的真正意思, 是不是?」達力擔心的問道:「因為我們永遠只能站在自己的觀點來瞭解別人說話的意思, 而我們卻不能確定自己的瞭解方式是不是扭曲了別人說話的真正意思!」

「說得真好!」吉米接著說:「換句話說, 不管我們喜不喜歡, 你一定得用你的耳機來瞭解別人說話的意思, 而我則一定得用我的耳機來瞭解別人說話的意思。」

「是的! 看來這的確又是我們沒有辦法逃避的命運。」這次

換成達力多愁善感了起來：「可是『不站在任何觀點』才可能瞭解別人說話的『真正意思』啊！不過『不站在任何觀點來瞭解別人說話的意思』也根本是不可能的事情。」

「我想你說的對極了！」吉米回應道：「是啊！『不站在任何觀點來瞭解別人說話的意思』？這又是什麼意思呢？」

這個結論實在是太讓達力和吉米驚訝了，以至於兩個人都說不出話來了！

「如果是這樣的話，」過了一會兒，吉米終於結論道：「那麼我們又怎麼知道別人的話語有所謂『真正的意思』呢？」

「吉米，你實在是說得太好了！」達力說道：「可是我們的確常常互相交談，而且我們還都認為自己的確瞭解別人說話的意思呀！難道你要告訴我：所有這一切全都是我的幻覺？」

這個結論實在是太讓人無法接受了！

4

「好吧！讓我們先不管這些問題。」達力沉默了一會兒，繼續說道：「所以囉！在觀察桌子的時候，我們只能觀察到桌子的『現象』，可是卻不能確定這個『現象』背後是不是有個『真正的桌子』。」

「而且這個『真正的桌子』還必須在我們不看它的時候，也繼續存在著才行！」不等吉米回應，達力繼續說：「如果有一張桌子在我看它的時候才存在，而不看它的時候就突然不存在

了，那我當然會說這張桌子根本就不存在，不是嗎?」

「當然是這樣呀! 如果我看見有這樣一張時而出現、時而消失的桌子的話，我一定會說自己見鬼了!」吉米答道。

「那我問你: 我們為什麼會說『嗑藥後所產生的幻覺』、『夢』和『海市蜃樓』都只不過是憑空出現的現象，它們背後都沒有『實在』撐著?」

「這還不簡單!」吉米回答道:「就舉『海市蜃樓』作例子說明好了。假設我在沙漠中看到遠方有一大片綠洲，可是走近一看，才發現根本就沒有綠洲，這時候我當然就會知道剛才看到的只不過是海市蜃樓而已。」

「還有，如果我們嗑藥後看見牆上爬滿很多彩色而不知名的昆蟲，等到藥效退了，這些昆蟲就突然消失不見了，我們當然就可以斷定剛才看到的這些昆蟲只不過是『現象』而已!」吉米繼續補充道。

「看來你的確嗑過藥囉!」達力俏皮的問道:「好啦! 言歸正傳。所以你的意思是說: 如果一個事物一直在我們的眼前存在著，然後突然間就消失不見了，我們就會斷定這個事物只不過是『現象』而已，它的背後根本就沒有『實在』撐著?」

「我想你說的沒錯吧!」吉米說道:「海市蜃樓不就是這樣嗎? 本來還好好的在眼前，然後就突然消失不見了。」

「如果是這樣，那可慘了!」達力大叫道。

「又怎麼了? 有什麼不對嗎?」吉米不解的問道。

「那我問你：如果我們現在把眼睛閉上，我們是不是就看不到眼前的桌子了？」達力看著吉米問道。

「當然看不到了，這還用問嗎？」吉米回應道。

「既然這樣，那桌子不就在我們閉上眼睛時突然消失不見了？」達力說道：「如果一個事物一直在我們眼前存在著，然後突然間就消失不見了，我們就會斷定這個事物只不過是『現象』而已，這不就表示我們看到的這張桌子也只不過是『現象』而已？因為它的確會在我們閉上眼睛時突然消失不見呀！」

「等等！這一點都不公平！」吉米大叫道：「我當然可以確定我看到的桌子並不是『現象』而已，而且我還可以百分之百確定『海市蜃樓』和『嗑藥後所產生的幻覺』的確都只不過是『現象』而已！換句話說，我可以證明：『桌子』、『海市蜃樓』和『嗑藥後所產生的幻覺』三種情況是非常不同的！」

「那請問『桌子』和『海市蜃樓』、『嗑藥後所產生的幻覺』又有什麼不同呢？」達力問道。

5

「在『桌子』的例子中，只要我一張開眼睛，我就可以再看到這張桌子呀！不是嗎？這不就表示這張桌子的確實實在在的存在著？」吉米不由得抗議道：「相反的，在『海市蜃樓』和『嗑藥後所產生的幻覺』的例子中，我走近後根本就看不到綠洲，而藥效退了之後，也再也看不到彩色的昆蟲了。這不就足

以說明一切了嗎?」

「所以你的意思是不是這樣呀?」達力問道:「我們可以因為『張開眼睛就會看見桌子』就推論說『桌子不只是現象而已』,而且還可以因此百分之百肯定桌子的存在。是不是?」

「這聽起來沒錯呀?」吉米不知道達力葫蘆裡賣什麼藥。

「相反的,」達力繼續說道:「在『海市蜃樓』和『嗑藥後所產生的幻覺』的例子中,綠洲或彩色的昆蟲只持續了一段時間,而在過了這段時間之後,張開眼睛卻再也看不到綠洲或彩色的昆蟲了,所以它們一定只不過是現象而已,是不是?」

「是的!」吉米回答道。

「所以你的意思是不是這樣呀?」達力問道:「只要一個事物持續出現,我們就可以肯定它一定是存在的?」

「你說得太好了!對!『持續出現』這四個字就是問題的答案!」吉米還以為達力這次豎白旗投降了呢!

「可是,張開眼睛就會看見桌子,這並不能證明桌子一直存在著呀!」達力抗議道:「換句話說,張開眼睛就會看見桌子,這並不能證明桌子一定是『持續出現』呀!」

「等等!」吉米問道:「如果桌子不是一直存在著,那麼我們又怎麼可能張開眼睛就會看見它呢?」

6

「好吧!我看問題愈來愈複雜了,所以讓我們再慢慢從頭

開始討論一次好了。」達力解釋道：「當我們觀察這張桌子時，我們觀察到的只不過是從不同的觀點所觀察到的桌子顏色、形狀等，而這一定不能是桌子『真正的樣子』，而只不過是桌子『看起來的樣子』而已！」

「是呀！我們只能觀察到桌子『看起來的樣子』，也就是桌子的『現象』；至於桌子『真正的樣子』——也就是桌子的『實在』——則是我們永遠無法確定的。是不是這樣呀！」吉米問道。

「一點都沒錯！」達力繼續問道：「如果是這樣的話，那麼當我們離開這個房間的時候，這張桌子還存不存在呢？」

「這個問題還真是奇怪呀！」吉米不解的問道：「當然存在呀！這算什麼問題呢？」

「你憑什麼這麼肯定呢？我的好朋友！」達力問道。

「那我問你：如果我們又走進房間時，我們會不會再看到這張桌子呢？」吉米問道。

「雖然我不太肯定，不過我想應該會再看到這張桌子吧！」達力回應道。

「這不就對了？可見當我們離開這個房間的時候，這張桌子還是一直存在著呀！」吉米好像逮到達力的把柄一樣，高興的說道。

「可是我們離開這個房間的時候，並沒有辦法看見這張桌子呀！既然如此，我們又怎麼肯定這張桌子一直存在著呢？」達力問道：「所以這張桌子可能在我們離開這個房間的時候就停止

存在,而只要我們一進房間的時候又突然存在,是不是這樣呀?」

「什麼? 你的意思是說這張桌子就像我們小時候玩『躲貓貓』或『一二三木頭人』一樣?」吉米不解的問道。

「為什麼不可能呢?」

「好, 那我問你,」吉米問道:「如果這張桌子真的像『躲貓貓』一樣, 在我們離開這個房間的時候就停止存在, 而只要我們一進房間的時候又突然存在, 那麼我們又怎麼可能推動它呢?」

這個時候達力陷入了沉思之中。

7

「那我再問你,」吉米繼續乘勝追擊的問道:「如果我拿一塊黑布把桌子蓋起來, 請問你是不是就暫時看不到桌子的顏色、形狀了?」

「是呀!」達力回應道。

「換句話說, 如果我拿一塊黑布把桌子蓋起來, 我們是不是就暫時觀察不到你所說的『桌子的現象』了?」吉米再問。

「對!」

「換句話說, 你所說的『桌子的現象』是不是因為我用黑布把它們蓋住, 所以就暫時不存在了?」吉米問道。

「沒錯!」達力回答道。

「這不就對了!」吉米高興的問道:「如果桌子的『現象』

下面沒有一個『真正的桌子』撐著，那請問這塊黑布又怎麼可能蓋住桌子呢？難道你要告訴我這塊黑布飄浮在半空中嗎？」

「我想這就是奇蹟吧……」不過這個時候達力並不非常肯定自己的回答是否正確，所以又再次陷入了長考之中。

「太扯了吧，我的朋友！」吉米此時露出了勝利者的微笑。「換句話說，如果這張桌子真的會和我們玩『一二三木頭人』遊戲，那我們既不可能推動這種桌子，而且我們也不可能拿塊黑布蓋住這種桌子！」

「所以囉！我們之所以覺得在『桌子的現象』下面還應該有一張『實在的桌子』存在，最大的原因在於：我們會要求不同的人都應該觀察同一張桌子才行。」吉米繼續解釋道：「所以當我們圍著一張餐桌吃飯的時候，如果有人說我們並不是圍著同一張桌子吃飯，我們就會說這個人大概是瘋了！」

這時候達力不發一語的看著吉米，好像正在思索著其他事情一樣。

「換句話說，雖然不同的人從不同角度所看到的『桌子的樣子』都是不同的，可是我們還是得要求不同的人都是面對著同一張『實在的桌子』才行呀！」吉米繼續說道。

8

「如果是這樣的話，」達力終於開口說話了：「那麼什麼是『實在的桌子』呢？如果我們都不曾看過『實在的桌子』，那麼

我們又怎麼知道它真的存在呢?」

「這你就不懂了!」吉米開始用專家的口吻教訓起達力來了。「雖然不同的人從不同角度所看到的『桌子的樣子』都是不同的,可是他們總還是看見一些類似的東西,不是嗎?」

這時候達力又不發一語的看著吉米了。

「所以囉!」吉米繼續發揮演繹道:「一定有一種持續存在的東西在那裡呀!否則我們又怎麼解釋不同的人會看到類似的東西呢?」

達力還是不解的看著吉米,好像要吉米再多作解釋一樣。

「讓我再解釋一次好了!」吉米繼續說道:「假設這張桌子本來是你的,後來你決定賣給我。我現在請問你:你本來擁有的是『桌子的樣子』還是『實在的桌子』呢?而我買到的又是什麼呢?」

「我想唯一能夠確定的,是我的確觀察到『桌子的樣子』,所以就某個意義而言,我的確擁有了『桌子的樣子』。不過我卻不確定自己是不是擁有了一張『實在的桌子』。」達力小心的回答道,生怕被吉米逮到了把柄。

「你可真是奸詐呀!」吉米笑著說:「好吧!不管你是不是擁有了一張『實在的桌子』,我現在可以肯定的告訴你:因為每個人所看到的『桌子的樣子』都有所不同,所以我即使有再多的錢,也根本買不來你所看到的『桌子的樣子』!」

「所以呢?」達力追問道。

「所以囉！」吉米高興的說道：「我所買到的，一定是一張『實在的桌子』！」

「我還是看不出來你為什麼可以這樣推論！」沉默了許久，達力終於開口說道：「為什麼你那麼確定自己所買到的，一定是一張『實在的桌子』呢？也許你以為自己買到了什麼實在的東西，可是事實上卻什麼東西都沒買到？」

「哇！什麼？」吉米不禁大叫道：「如果我什麼東西都沒有買到，那你豈不是犯了詐欺罪了？你得好好跟我解釋一下！」

就在達力想辦法向吉米解釋的時候，達力養的小狗小黃伸了伸懶腰，恰巧從達力和吉米面前走過。

「好吧，那你告訴我，」吉米看著達力問道：「你現在看到的是一隻『實實在在的小黃』，還是只是看到『小黃的樣子』呢？」

「我只能說自己只看到『小黃的樣子』而已。」達力還是不願意鬆口。

「什麼？」吉米大叫道：「如果是這樣的話，那麼叫著肚子餓的，是『實實在在的小黃』還是『小黃的樣子』呢？而且剛才走著路的，難道是『小黃的樣子』嗎？」

這段話又換來了達力的一陣無言。

「所以囉！」吉米繼續說道：「只有『實實在在的小黃』才會肚子餓，而且也只有『實實在在的小黃』才會走路。既然如此，這不就證明了『實實在在的小黃』真的存在嗎？」

「我還是看不出來你為什麼可以這樣推論！」沉默了許久，

達力終於開口回擊道。

「為什麼? 解釋一下吧!」自從和達力有一句、沒一句的開講之後，吉米好久沒有像現在這麼以逸待勞了!

9

「好吧! 我問你，」達力問道:「我們有可能一直盯著一張桌子瞧，眼睛都不眨一下嗎? 我們有可能一直盯著小黃瞧嗎?」

「當然不行呀!」吉米回答道。

「既然如此，那麼你又怎麼百分之百肯定桌子和小黃一直存在著、一直『持續出現』呢?」達力問道:「你可以保證: 在你眨眼睛的瞬間，什麼事情都沒有發生嗎?」

這個說法實在是太詭異了! 所以吉米乾脆來個無言的回應。

「所以囉!」達力結論道:「我們會認為一個事物『持續出現』，就可以保證它一定是存在的。可是我們根本就沒有辦法確定這個事物是『持續出現』的。這就是我們的難題!」

「更奇怪的是，」達力補充道:「既然我們根本就不可能感覺到『持續出現』的事物，我們又憑什麼斷定:『持續出現』一定可以保證一個事物是存在的?」

「更慘的還在後頭呢!」達力看著吉米說道:「如果我現在把眼睛閉上，我是不是就看不到你了呢?」

「當然看不到了，這又有什麼不對?」吉米反問道。

「既然這樣，那你不也就在我閉上眼睛時突然消失不見了?」

達力說道：「如果我們可以因為『閉上眼睛就會看不見桌子』就推論說『桌子只不過是現象而已』，而且還可以因此懷疑桌子的存在，那麼同樣的道理，我當然也可以因為『閉上眼睛就會看不到你』就推論說『你只不過是現象而已』，而且更可以因此懷疑你的存在呀！這有什麼不對呢？」

「等等！這實在是太誇張了！我當然可以確定自己實實在在的存在呀！」吉米大聲抗議道：「難道我的存在還需要你的背書嗎？」

「就算我們無法確定桌子是不是真的存在好了！」吉米補充道：「就算『桌子』的確很可能只不過是『現象』好了！我當然可以百分之百告訴你：『我的存在』和『桌子的存在』兩者是非常不同的！」

「有什麼不同呢？」達力問道。

10

「我們閉上眼睛就會看不見桌子，所以桌子很可能根本就不存在。同樣的，你閉上眼睛時，的確會看不到我。可是當你閉上眼睛時，我還是實實在在感覺到自己的存在呀！這樣難道還不能證明我的確存在嗎？」吉米有點發火了起來，講話時還故意特別強調「存在」兩個字。

「所以這就表示：桌子沒有辦法證明自己存在，可是我的確有辦法證明自己存在！難道這樣還不夠嗎？」在達力狐疑的看

著自己時，吉米又趁機補充道。

「所以你的意思是不是這樣呀?」達力問道:「如果一個事物一直『持續出現』、在我們的眼前存在著，而且並沒有消失不見，我們就會斷定這個事物一定實實在在存在著，不會只是『現象』而已嗎?」

「我想是吧!」吉米回答道:「你剛才不也這樣說嗎? 這又有什麼不對呢?」

「因為你的確一直實實在在的感覺到自己存在、感覺到自己『持續出現』著，這就表示你一直在自己的眼前存在著，並沒有消失不見。」達力繼續說道:「所以你當然可以斷定自己一定實實在在存在著，不會只是『現象』而已。是不是這樣啊?」

「是的，我想我自己的存在是無庸置疑的!」吉米不由得為自己好不容易爭取得來的存在而高興不已! 不過說也奇怪，自己的存在為什麼需要達力的肯定呢?

「好吧! 那我再問你，」達力再問道:「你有可能一直感覺到自己的存在，連覺都不睡一下嗎?」

「你可以保證: 在你睡覺的時候，什麼事情都沒有發生嗎?」不等吉米回應，達力又像連珠炮似的質問吉米。

這個問題又換來了吉米無言的回應。

「這就奇怪了! 怎麼會這樣呢?」沉默了許久，吉米終於不解的問道。

「所以囉! 既然我們怎樣都無法肯定桌子的存在，那麼為

什麼我們都毫不保留的相信這張桌子存在呢?」達力問道。

「喔! 你竟然用『相信』這兩個字!」吉米回應道:「難道你認為桌子的存在是我們『相信』後的結果，而不是我們親眼觀察後的結論嗎?」

「是呀!」達力說道:「我們什麼時候會說自己『相信』某件事物存在呢?」

「我們會說自己『相信』這個世界上有鬼，『相信』外星人存在，『相信』百慕達三角洲存在等等。」吉米回應道。

「『鬼』、『外星人』和『百慕達三角洲』都有一個共同的特徵，那就是我們根本就沒有確切證據肯定它們的確存在。」達力問道:「所以囉! 是不是只有當我們沒有確切證據肯定這個事物存在時，我們才只好說『我們相信它存在』?」

「我想你說的沒有錯!」吉米回應道。

「所以囉! 既然我們沒有確切證據肯定桌子存在，我們當然只好說自己『相信』這張桌子存在了，不是嗎?」

「如果是這樣的話，那麼我現在又要有一個驚天動地的大發現了!」兩個人沉默了片刻，達力突然又提高嗓門說道:「我現在要證明: 即使一個事物一直持續出現在我們的眼前，並沒有消失不見，我們還是不能斷定這個事物一定實實在在存在著!」

11

「換句話說，」達力繼續說道：「即使這張桌子一直持續出現在我的眼前，我們還是不能斷定這張桌子一定存在著。你知道為什麼嗎?」

「說來聽聽吧，別賣關子了!」吉米有氣無力的回應道。

「既然我們根本就不可能『親眼觀察』到這張桌子一直持續出現在我的眼前，既然我們只能說自己『相信』這張桌子存在,所以也許這張桌子只不過是我幻想的產物罷了!」達力說道:「換句話說，我以為自己看到一張桌子在我的眼前，可是也許這一切只不過是一場夢而已!」

沒有比這個結論更讓人驚訝的了! 吉米心裡想著。

「所以囉! 如果我不能肯定桌子的存在，同樣的道理，我也不能肯定別人身體的存在。」達力繼續說道:「如果是這樣的話，那麼我又如何肯定別人心靈的存在呢?」

現在吉米腦袋一片空白，連怎麼反擊都不知道了。

「如果是這樣的話，那麼也許別人的存在也只不過是我的幻想而已?」達力說道:「也許我就像沙漠中的僅存綠洲，自己孤零零的存在而已?」

「如果我們深入思考的話，就會發現: 嚴格說來，除了我們自己以外，我們永遠都不能證明其他事物的存在。我們最多只能說: 這個世界是由我自己、我的思想、感情和感覺所組成

的。至於其他一切，可能都是我的幻想而已。」達力說道：「換句話說，也許我們看到、聽到的一切，只不過是一場大夢中的情節而已！也許整個外在世界只不過是一場夢境而已！」

「如果真的是這樣的話，那麼我得說這一點都不好玩！」吉米終於回應道：「而且更重要的是：你並沒有辦法證明一切都只不過是一場夢而已！」

「雖然我沒有辦法證明一切都只不過是一場夢而已，」達力說：「不過你也沒有辦法證明我說的一定是假的呀！」

進階閱讀

在這一章中，達力問了一個哲學中的超級大難題：這個世界上究竟有沒有「實實在在的桌子」（也就是「物質」）存在呢？這個世界上究竟有沒有「實實在在的桌子」存在，以至於當我不看它的時候，它也依然存在呢？還是這個「實實在在的桌子」，只不過是我幻想的產物、是一場大夢中所夢見的桌子呢？

讀者請注意：這個問題不僅複雜難解，而且還牽一髮動全身！因為如果我們不能肯定世界上是否有「實實在在的桌子」存在，那麼同理我們也不能肯定這個世界上有其他人存在了！而且，就算這個世界上有其他人存在，我們也不能肯定他人和我自己一樣，是具有「心靈」、會思考、有感覺的人。如果是這樣的話，那麼也許這個世界上只有我自己確確實實的存在，至於其他事物和他人，都只不過是我自己幻想的產物而已。這種哲學主張，稱為獨我論 (solipsism)。

為了探討上述這些哲學中的超級大難題，在這一章中，我們從下面這些同樣難解的哲學問題開始探討：

(1)「感覺與料」的存在，必定保證其背後一定有一個「實在」嗎？

(2)「感覺與料」真的是「實在」的標誌嗎？我們又有什麼理由認為一定是如此呢？

(3)當我們列舉了與桌子相關的一切「感覺與料」時，我們是否已經窮盡了關於「實實在在的桌子」的一切呢？

(4)當我們離開房間的時候，房間裡的桌子是否仍然繼續存在著呢？

乍看之下，在上面這些問題中，除了第三個問題較為難解（因為乍看之下，暫時還不知所云）之外，其他問題真是再簡單不過了！在這一章中，吉米就提出了一些似是而非的理由，以便主張「實實在在的桌子」的確是存在的。吉米這麼質問達力：

(1)假設達力擁有這張桌子，那麼達力所擁有的，究竟是「桌子的感覺與料」，還是「實實在在的桌子」呢？

(2)如果他向達力買這張桌子，那他買的又究竟是「桌子的感覺與料」，還是「實實在在的桌子」呢？

(3)如果這個世界上根本就沒有「實實在在的桌子」存在，那麼我們為什麼又能把這張桌子推來推去呢？

(4)如果這個世界上根本就沒有「實實在在的桌子」存在，那麼為什麼我們又能拿塊黑布把它蓋上呢？難道黑布是懸空

飄浮在半空中嗎？還有，當我們拿塊黑布把它蓋上時，難道這張桌子就會暫時停止存在嗎？

從常識的觀點看來，吉米所問的上面這些問題簡直是不值得回答的，因為否定「實實在在的桌子」存在，顯然是非常荒謬的。不過常識除了武斷的回答問題之外，並不會告訴我們這些答案背後的理由為何。因此，為了檢驗常識所提供給我們的答案，我們還是必須進入哲學探討之中，以便明白常識所提供給我們的答案為什麼是不能成立的。

事實上，我們之所以認為除了「感覺與料」之外，還必須有「實在」存在，最主要的原因在於：在觀察某個事物時，我們會要求不同的人應該都必須面對著同一個對象才行，否則就會得出荒謬的結果。我們為什麼會這樣認為呢？下面是常見的理由：

(1)就桌子的例子而言：如果「實實在在的桌子」並不存在，那麼為什麼不同的人從不同觀點來觀察桌子，都或多或少會觀察到一些類似的東西呢？可見除了「桌子的感覺與料」之外，一定有一個「持續存在」著的東西作為「桌子的感覺與料」的原因或基礎，這個東西就是「實實在在的桌子」。

(2)就狗的例子而言：假設有一隻狗在某一瞬間出現在房間的

某一角落，而下一瞬間又出現在另一個角落。對此，我們很自然會假定：這隻狗是從房間的某一個角落經過房間中間部分而走到了房間的另一個角落。如果這隻狗只是「感覺與料」的話，那麼「感覺與料」又怎麼可能走路呢？而且，如果這隻狗在走到了房間的另一個角落後，向我們要食物吃，那我們又怎麼解釋？如果這隻狗只是「感覺與料」的話，那麼「感覺與料」又怎麼可能會肚子餓呢？由此可見：要是假定真的有「實實在在的狗」存在，那麼問題就會簡單多了。

在這一章中，達力透過和吉米的對話向我們指出：事實上，我們根本就沒有充分理由肯定任何「持續存在」的「實在」存在！如果是這樣的話，那麼除了我自己、自己所感覺到的「感覺與料」、自己的思想和感覺之外，我根本就不能肯定世界上還有其他事物存在！換句話說，這個世界的所有一切，也許只不過是我自己的幻想而已！

由此可見：我們並沒有充分的理由肯定外在世界的存在。若是如此，那麼為什麼我們又總是肯定外在世界的存在呢？從上面這個結論出發，我們就可以有一個非常驚人的發現：事實上，我們並不是「發現」到外在世界的存在，而是「相信」外在世界的存在；而對於外在世界的信念，其理由竟是如此經不

起檢驗！在此，哲學思考再一次向我們赤裸裸的指出：表面上看來顛撲不破、確定不可懷疑的事物，其實很可能是經不起檢驗的！

由此我們又可以發現：從常識的觀點看來，哲學家所提出的問題和所提供的答案，是荒謬、令人不解而且不值一提的。不過在這一章中，達力卻透過其思想探險向我們指出：一旦我們深入思考，我們就會發現常識的觀點所提供的答案，其實才是荒謬、不值一提的。一旦明白了其中的道理，我們就等於離哲學思考的旅途的起點更遠一些了。

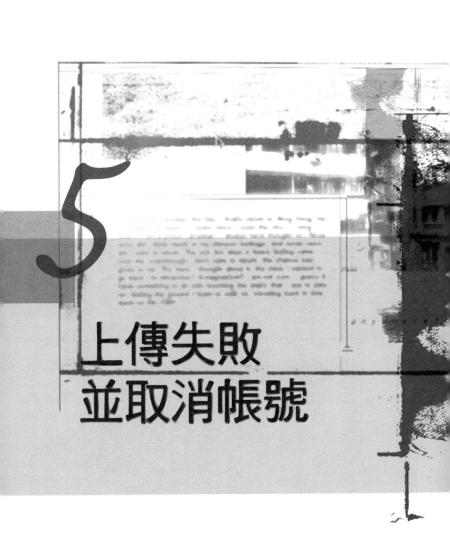

5

上傳失敗
並取消帳號

1

「那我問你,」吉米不甘心的問道:「如果很多事情都可以懷疑,那麼這個世界上到底有什麼事情是絕對不能懷疑的呢?」

「你是指皇后的貞操嗎?」達力俏皮的回應道:「皇后的貞操當然不容懷疑呀!」◄

不過在俏皮的同時,達力卻也陷入了長考之中。「是呀! 這個世界上到底有什麼事情是絕對不能懷疑的呢?」達力自問道。

2

為了解決這個問題,達力完全陷入了長考之中。在長考中,達力仔細檢驗了那看似無懈可擊的邏輯推論的每一個步驟:

首先,我看到眼前有張桌子。

剛開始的時候,我會毫不保留的認為這張桌子當然存在。可是一旦深入思考後,我就會愈來愈保留了。

因為沒有人能親眼觀察到這張桌子一直持續出現在我的眼前(包括我自己在內,我自己也不能),所以我們沒有確切證據肯定桌子存在。

既然我們沒有確切證據肯定桌子存在,所以我們最多也只能說自己「相信」這張桌子存在。

既然我們最多也只能說自己「相信」這張桌子存在,所以

▶ 「皇后的貞操不容懷疑」,也是出自《凱撒大帝》的典故。

「桌子的存在」也許只不過是我幻想的產物罷了!

　　既然桌子的存在也許只不過是我幻想的產物(或者說: 只不過是一場夢而已),那麼同理可證: 也許別人的存在也只不過是我的幻想而已。

　　既然如此,那麼同理可證: 也許整個世界、或者是所有我看到、聽到的一切,只不過是一場大夢中的情節而已! 換句話說,也許整個外在世界只不過是一場夢境而已!

　　既然如此,那麼也許整個世界就只有我自己孤零零的存在而已。

　　「不過且慢! 這裡的推論好像有點問題!」達力在心裡自問自答道:「真的是這樣嗎? 我又怎麼確定整個世界就只有我自己孤零零的存在呢? 有沒有可能連我自己的存在,也只不過是一場大夢中的情節而已呢?」

　　換句話說,有沒有可能根本就沒有任何東西存在──包括我自己的存在在內,一切都只不過是幻想而已?

　　既然桌子、他人、整個世界、或者是所有我看到、聽到的一切,都很可能只不過是一場夢境中的情節而已,那麼「我自己的存在」照理也不該例外,也很可能只不過是一場夢境中的情節而已呀!

「慢點！如果一切都可能只是夢而已，那麼究竟是誰的夢呢？」達力心裡這麼想著。這真是個難纏的問題呀！

「所以應該總有個作夢的人吧？而這個人當然就是我自己了！」達力繼續自問自答道：「可是我憑什麼確定作夢的人真的是我自己呢？」

3

「你問得真好呀！你憑什麼確定作夢的人真的是你自己呢？」聽到了達力的自言自語，吉米不由得附和了起來，所以趁機又丟給了達力這個難解的問題：「換句話說，為什麼『我自己的存在』可以例外，不可能是夢境中的情節呢？」

「好吧！為了回答這個問題，我們還是從桌子的例子開始吧！」達力說道：「當我看著眼前的桌子時，我可以懷疑是不是真的有一張實實在在的桌子存在，可是我卻不能懷疑我所看到的東西，是不是？」

「老狗變不出新把戲呀？你總是拿桌子當例子。好吧！你看到了什麼？能不能再說得清楚一點？」吉米追問道。

「當我看著眼前的桌子時，我看到了一些顏色、形狀等，而這是實實在在呈現在我眼前的東西，所以我當然不能懷疑了！不是嗎？」達力回答道。

「好吧！暫時算你過關。所以呢？」吉米問道。

「讓我們作個思想實驗好了。讓我們首先約定：對於一切

可能只不過是幻覺的事情，我們一律抱持懷疑的態度，懷疑它們是否真的存在。」達力繼續解釋道：「換句話說，對於任何事物，只要我們認為可以懷疑的，我們一律就加以懷疑，直到無可懷疑為止。你說這樣好不好?」

「好啊! 有何不可?」吉米回答道。

「接下來讓我們看看會發生什麼事。表面上看來，我們好像可以懷疑一切事情，因為一切事情都很可能只不過是幻覺而已。可是如果深入思考，我們就會發現: 事實上，還的確真的有不可懷疑的事情!」達力說道。

「真的有這樣的事情嗎? 說來聽聽。」吉米不解的問道。

「就是實實在在呈現在我眼前的東西呀! 這的確是不可懷疑的!」達力回答道。

「好呀! 算你聰明。可是你還是沒有證明自己的確存在呀!」吉米追問道。

「我的好朋友呀!」達力說道：「難道你還看不出來: 只要再推論一步，我就可以證明自己的確存在了嗎?」

「這怎麼可能?」吉米非常不相信，以為達力在唬人。

4

「好吧! 讓我們再繼續我們剛才所說的思想實驗好了。」達力說道：「假設有個騙人的魔鬼用連續不斷的幻景，把不真實的事物呈現給我。所以我以為呈現在我眼前的東西是實實在在的，

可是卻很可能只不過是幻覺而已。」

「小心！搞不好說曹操，曹操就到——搞不好魔鬼現在就在你身邊，你還敢說魔鬼！而且這世界上真的會有這種魔鬼存在嗎？」吉米不解的問道。

「我和你一樣不太相信會有這種魔鬼存在，不過仍然有可能。」達力回答道：「如果是這樣的話，那麼懷疑我自己的存在，就是不可能的事情了，不是嗎？」

「啊！為什麼呢？照你這樣說來，騙人的魔鬼和我自己的存在難道有關係？」吉米不解的問道。

「不和你抬槓了。我問你：被騙的時候，是不是一定要有個騙人的人，而且還要有個被騙的人？」達力解釋道。

「沒錯啊！」吉米說道。

「所以這個想像出來的魔鬼，就是騙人的人——或者我們應該說是個騙人的鬼，不是嗎？」

「是的。不管是騙人的人還是騙人的鬼，騙人最不道德了！」吉米說道。

「現在你想想：如果我不存在的話，那麼就沒有魔鬼能夠騙我。不是嗎？」達力繼續解釋道：「如果當魔鬼騙人的時候，並沒有一個被騙的人——也就是我——存在，那麼『魔鬼騙人』就變成不可能的事情了，不是嗎？所以，就算有魔鬼欺騙我，讓我對一切事物產生懷疑，我也不能夠懷疑自己的存在！」

「另一方面，我懷疑魔鬼騙人。但這是誰在懷疑呢？如果

沒有我存在，那麼懷疑也不可能，不是嗎？所以，當我懷疑魔鬼騙人的時候，我也同時證明了自己必然存在！」達力停了一下，繼續說道：「既然如此，那麼我不就等於證明自己的確存在了？所以囉！我所能完全肯定的唯一存在，就是自己的存在呀！」

「所以囉！如果我們深入思考的話，就不得不得出下面這個結論：雖然我永遠都不能證明其他事物的存在，可是我卻可以確定我自己一定存在。所以這個世界上唯一確定的事情，是這個世界是由我自己，我的思想、感情和感覺所組成的。至於其他一切，可能都是我的幻想而已。」不等吉米回應，達力繼續發揮演繹道。

「換句話說，我自己當然存在呀！」得到了這個結論，達力不由得大叫了一聲：「太棒了！可見這個世界的確很可能只有我自己存在呀！」

「這一點都不好玩！」聽完了達力的邏輯推論，吉米終於回應道：「不管怎樣，我還是得說：你並沒有辦法證明這個世界只有你一個人存在！」

「雖然我沒有辦法證明這個世界只有我一個人存在，」達力說：「不過我的好朋友啊！你也沒有辦法證明我說的一定是假的呀！」

5

「一個人的世界好玩嗎？」就在吉米和達力道別，並約好兩

個人明天再一起練習安塞倫主機的語言之後，達力突然打了一個噴嚏。在此同時，達力的耳際突然傳來了這個刺耳的問題，聽到了這個問句，達力整個人突然進入了備戰狀態。

「咦？是誰在說話？」達力心想：好不容易才用邏輯推論證明了這個世界只有自己存在，而且也連帶證明了前幾天所看見的譔爾，只不過是自己的幻想而已——雖然這個證明的副作用，是把好朋友吉米的存在也連帶一筆勾銷。不過吉米總是自己最好的朋友吧？所以應該也不會抗議才是！現在竟然又有人陰魂不散，跑來自己的耳邊問這個問題！這實在太挑釁了！

可是說曹操，曹操就到！想不到怪老頭譔爾竟然又像從神燈裡冒出來一樣，活生生的出現在達力眼前了。不過這次整個畫面的顏色卻很飽滿，一點也沒有色度不純、亮度不夠的問題。「也許不等別人報修，工程師就已經發現、而且也解決了問題了吧？如果是這樣的話，那工作效率的確進步很多了！」達力心想。

「你的推論實在很精彩！」怪老頭譔爾終於說了第二句話了：「不過我卻一點也不相信你所說的是真的——雖然我暫時還沒有辦法證明你說的一定是假的！」

這時候，只見達力靜靜的看著譔爾，好像要用力看出整個畫面的破綻，以便再次證明自己剛才「這個世界只有自己存在」的邏輯推論無懈可擊一樣。

「看來你中了安塞倫主機的毒還不淺呢！」譔爾同情的看著

達力，並說道：「要解這種毒，只能用駭客界的語言來中和毒性了。」

這是什麼意思呢？什麼是駭客界？達力不解的看著謨爾。

「用安塞倫主機的語言作邏輯推論，最後一定會得出『這個世界只有自己存在』這個結論，」謨爾看穿了達力的心思，於是繼續解釋道：「可是你不得不承認這一點都不好玩，不是嗎？」

「可是這個邏輯推論的確無懈可擊，不是嗎？」達力不服氣的說道。

「真的是這樣嗎？看你剛才把吉米唬得一愣一愣的！」謨爾回答道：「依我看來，你剛才所說的那個『懷疑一切』的思想實驗，根本就不能證明自己的確存在！因為你證明得太多了！」

「啊！為什麼呢？」達力不解的問道。

「讓我們拿桌子的例子說明好了，」謨爾回答道：「當我看著眼前的桌子，而且看見某種咖啡色的時候，我們可以馬上十分肯定的事情，並不是『我看見了咖啡色』，而是『咖啡色被看見了』。」

「可是如果我並不存在，那為什麼我又會看見咖啡色呢？」達力抗議道。

「你又憑什麼確定是自己看見了咖啡色，而不是別人呢？」謨爾無情的問道：「也許這個看見咖啡色的，根本就不是人，或者只不過是瞬間出現的東西而已，而這個東西和下一瞬間看到咖啡色的東西，並不是同一個東西？總而言之，你怎麼知道一

定是自己看見了咖啡色呢?」

這段連珠炮似的質問,頓時讓達力陷入了無言之中。

「換句話說,你這個思想實驗最多只能證明『呈現在眼前的東西的確存在』,可是卻不能證明『這些東西呈現在我的眼前』。」讚爾繼續說道:「所以這一切都是用安塞倫主機的語言作邏輯推論所導致的結果。可見你中了安塞倫主機的毒,而且中毒還中得很深呢!」

「看來我得教教你如何用駭客界的語言來作邏輯推論了,」不等達力回應,讚爾繼續說道:「一旦學會了駭客界的語言,你就會知道為什麼用安塞倫主機的語言作邏輯推論,並不見得無懈可擊!」

「什麼是『安塞倫主機的語言』?什麼又是『駭客界的語言』?」達力實在是被弄糊塗了,於是不由得抗議道:「你這個怪老頭到底在說些什麼呢?你又憑什麼教我駭客界的語言?」

「如果我告訴你安塞倫集團曾經作過什麼壞事,你就會恍然大悟了!」讚爾說道:「其實你和我還是同一種人呢!」

「什麼意思?我和你是同一種人?」達力大叫道。

6

「其實你和我本來都是駭客界的人,」怪老頭讚爾娓娓道來那段不堪回首的往事,眼睛同時望向了遠方,露出了歷盡滄桑的眼神。「我上次不是已經告訴過你了嗎?這個世界現在已經完

全被安塞倫集團所控制了。現在我再告訴你上次沒時間告訴你的事情：在駭客界一旦有人出生，安塞倫集團的標準作業程序，就是把這些人的靈魂上傳到安塞倫主機裡，並灌輸安塞倫主機的語言。為了好好管理、控制上傳到安塞倫主機裡的靈魂，安塞倫集團還會給你一個網路帳號。至於殘留在駭客界的肉體，安塞倫集團則會毫不留情的加以『揚棄』！」

　　這時候，達力驚訝的看著譓爾，說不出話來。

　　「很不幸的，安塞倫集團把我的靈魂上傳到安塞倫主機裡的時候，竟突然斷電了，所以我上傳到安塞倫主機的靈魂並不完全。」譓爾繼續說道：「這本來不該發生在我身上的，不過卻的確發生了！換句話說，我在駭客界的肉體還具有靈魂，這也就是你可以看到我活生生的出現在你的眼前的原因──你現在所看到的，正是我殘留在駭客界的肉體。」

　　「而且如此一來，我也變成了同時精通『安塞倫主機的語言』和『駭客界的語言』的雙語人了。」不等達力會意過來，譓爾又俏皮的繼續補上這一句話：「怎樣？願意發給我教師證書了吧！」

　　「所以呢？你究竟要說什麼呢？」達力不解的問道。

　　「什麼所以？」譓爾看著達力說道：「你知道安塞倫集團對這種上傳靈魂不完全的人，一律稱為什麼嗎？他們稱這種人為『實在的餘燼』！」

　　「那又怎樣？」達力問道。

7

「看來你還沒進入狀況!」謨爾繼續解釋道:「依據安塞倫集團所頒布的刑法第 235 條,『實在的餘燼』可是一大罪狀! 凡是被控以『實在的餘燼』罪名的人,終身都會遭到安塞倫主機護法的通緝! 被捕後還會被處以『解消實在的餘燼』此一極刑,在安塞倫主機裡等候執行!」

這時候,達力實在還是不知道怪老頭謨爾究竟在說些什麼,只能半信半疑的繼續聽下去。

「你可知道?」謨爾問道:「事實上,你的爸爸阿蒙森就被處以『解消實在的餘燼』此一極刑呀!」

達力實在還是不相信怪老頭謨爾所說的話。「難怪大家每次一提到爸爸時,都是一副欲言又止的模樣。」達力心想。不過說也奇怪,謨爾為什麼又會知道他的爸爸阿蒙森的事呢?

「對了!」謨爾繼續問道:「說到安塞倫主機的護法,你可聽說過相關的傳言嗎?」

「什麼傳言?」達力問道。

「就是關於安塞倫主機護法的傳言呀!」謨爾說道:「安塞倫主機共有左、右護法兩人。左護法名叫撲朔,每次說話的時候,不管別人是否問他問題,都會習慣在自己的話後面加上『對』這個字,常常把別人搞得精神錯亂,最後終於被他逮捕。至於右護法則名叫迷離,總喜歡命令別人看著他的眼睛。說也奇怪,

當他下了這個命令的時候，每個人竟然都無法抵抗！而就在你乖乖的看著他的眼睛的時候，你也就同時把自己的存在忘得一乾二淨，而跟著他進入安塞倫主機之中了！」

「這和我又有什麼關係呢？」達力不解的問道。

「你不知道嗎？」謨爾說道：「其實你也是『實在的餘燼』呀！只不過你還不知道而已。」

這實在是晴天霹靂，太讓人驚訝了！「所以你的意思是說：其實我的肉體還留在你說的駭客界裡？」達力大叫道：「如果是這樣的話，那麼真正的我又是在哪裡呢？是在安塞倫主機裡，還是在駭客界裡？」

「這個問題，我們等以後有機會再仔細詳談，不過你現在最好還是不要大聲嚷嚷才好！」此時謨爾搗住了達力的嘴，同時還用食指在自己的嘴上比了一下，示意達力保持沉默。「你應該知道在安塞倫主機裡，你的一言一行，其實都被完完全全的監視著吧！因為你的想法都是安塞倫主機給你的：他們要你們從小就學習『安塞倫主機的語言』，並學習『安塞倫主機的語言』的邏輯推論，這樣他們才可以成功的監視、控制你們每個人的思想！」

這時候，為了安全起見，達力只好暫時保持沉默，不發一語的看著謨爾。不過他實在還是不確定謨爾所說的話究竟是什麼意思？什麼是「安塞倫主機的語言」？什麼又是「駭客界的語言」？

說時遲那時快，只見讜爾從口袋裡拿出了一支至少 200 年前的黑色恐龍手機，並開了手機在耳邊聽了一下，以便確定它還能用，而且的確處於通訊狀態。「只有這種恐龍手機的電磁波可以成功干擾安塞倫主機的監視，因為安塞倫集團的科技太進步了，不過卻進步到忘了世界上還有這種恐龍手機！這就叫作『百密總有一疏』。」讜爾神祕的笑了一下。

8

「好吧，說完了安塞倫集團的惡行，我們還是回到剛才的主題吧！」讜爾趕快把話題拉回，免得天馬行空的一直談下去。「我們剛才聊到哪裡了呢？」

「你說我中了安塞倫主機的毒，而且中毒還中得很深。」達力回答道。

「喔，對！現在我要教你如何用駭客界的語言來作邏輯推論。讓我這樣解釋好了。」讜爾似乎看穿了達力其實還是處於墜入五里霧中的狀態，於是看著達力問道：「我問你：儘管找不出充足的理由證明桌子存在，大多數人卻還是寧願相信桌子的確存在。你認為這又是怎麼回事呢？」

「既然沒有充分的理由證明桌子真的存在，所以桌子根本就不存在呀！」這時候，達力不禁揉了揉眼睛。可是揉完眼睛，還是沒有辦法證明這個世界只有自己存在，因為怪老頭讜爾還是在眼前沒有消失。既然如此，所以達力只好趕快繼續抗議道：

「這不就說明了一切了嗎？也就是說，我們只能相信外在世界存在，而不能發現外在世界存在！」

　　這時候謨爾不發一語，靜靜的用銳利的眼光打量著達力，好像在尋找著達力致命的阿基里斯腳踝一樣。

　　「所以囉！」達力繼續說道：「既然沒有充分的理由證明某個東西存在，卻相信這個東西存在，可見『相信這個東西存在』本身就是偏見而已。所以這個東西根本就不存在，一切只不過是我的幻想而已！」

　　「可惜你只說對了一半。」謨爾終於說話了：「我們的確沒有充分的理由證明桌子存在，所以我們只能『相信』桌子存在。到這裡為止，你都講對了！不過接下來就有問題了！」

　　「那你說說看，到底哪裡有問題？」達力不服氣的追問道。

　　「我們沒有充分理由證明一件事情，而卻相信這件事情，這證明『我們相信這件事情』本身就是偏見而已，是不是？」謨爾問道。

　　「對極了！」達力回答道。

　　「那我問你，」謨爾問道：「我們有沒有充分的理由證明『宇宙有邊』呢？」

　　「當然沒有！」達力回答道：「這要怎麼證明？除非有一天我們能夠造一艘超光速的太空船，然後命令它一直飛，看它能不能飛到宇宙的盡頭，否則我們是沒有充分的理由證明『宇宙有邊』的！我想至少我這一輩子都沒有辦法看到人類證明這一

點吧!」

「所以『相信宇宙有邊』本身就是一種偏見，對吧!」謨爾問道。

「是的。」達力回答道。

「如果是這樣的話，」謨爾繼續說道:「那麼按照你剛才的推論方式，既然『相信宇宙有邊』本身就是一種偏見，所以宇宙根本就沒有邊，而只不過是我的幻想囉?」

「你說的應該……沒錯吧!」這時候達力嗅到了不尋常的氣氛，所以突然小心翼翼了起來。

「可是任何空間都有邊緣呀! 宇宙當然也不能例外。一個沒有邊的宇宙? 這真的令人難以理解，是吧? 所以有人還是寧願相信宇宙一定有邊。」謨爾問道:「可是另一方面，如果宇宙有邊，那麼邊緣外又是什麼呢? 絕對的虛空嗎? 這同樣令人難以理解，是吧?」

「如果是這樣的話，那麼宇宙到底有沒有邊呢? 你確定宇宙根本就沒有邊嗎?」謨爾追問道。

這時候達力猛然一醒，不過還是不知道發生了什麼事情。「哇! 怎麼會這樣呢? 我竟然中了你的圈套!」

「由此可見: 我們沒有充分理由證明一件事情，而卻相信這件事情，這表示『我們相信這件事情』本身就是偏見而已，」謨爾結論道:「可是我們並不能由此進一步推論說: 這件事情根本就是不存在的。」

「所以你的意思是不是說：即使我們只能『相信』外在世界存在，而不能『發現』外在世界確實存在，」達力似乎漸漸掌握了謨爾的意思了，於是接著說道：「可是我們還是不能由此推論說：外在世界根本就不存在；一切只不過是我的幻想而已！」

「或者我們應該這樣說才是，」謨爾解釋道：「你當然可以作這樣的推論。不過請注意要加上『也許』這兩個字：你只不過是指出了某種可能性，可是你卻沒有辦法說服我們只能相信或接受這種可能性。」

「哇！這是什麼意思呢？能不能再解釋一下？」達力一下子無法消化這段話的意思。

9

「好吧！讓我這樣說好了。」謨爾解釋道：「假設張三說：『也許外在世界根本就不存在；一切只不過是我的幻想而已！』而李四說：『外在世界根本就不存在；一切只不過是我的幻想而已！』請問這兩段話有什麼不同呢？」

「張三所說的，是一種可能性，而且他既不確定外在世界是不是真的不存在，也不確定一切是不是真的只不過是我的幻想而已。」達力小心翼翼的分析道：「相反的，李四卻一口咬定：外在世界根本就不存在，而且一切只不過是我的幻想而已。我說的對不對？」

「對極了！」謨爾說道：「那請問你會接受誰的主張呢？」

「我會接受張三的主張,因為他只不過是指出:也許外在世界根本就不存在。相反的,李四卻沒有告訴我們為什麼外在世界根本就不存在。」達力回答道。

「既然如此,」謨爾問道:「那我問你:從張三的主張能不能推論出李四的主張呢?」

「當然不行!」達力斬釘截鐵的說道:「就像從『也許有外星人存在』這句話,我們不能因此推論說『外星人存在』。因為前面這句話是指出一種可能性而已,而後面這句話卻是斷定事實一定是如此。」

「所以囉!」謨爾接著說道:「也許外在世界根本就不存在。可是我們還是不能斷定是不是真是如此。說到可能性的時候,你大可以發揮想像力,例如說『也許外在世界只不過是一個邪惡的魔鬼製造出來的』,或是說『也許真正的桌子是一頭長了三隻腳的怪獸』。可是這也只不過是『也許如此』而已,因為你還是沒有證明外在世界『一定』是一個邪惡的魔鬼製造出來的、真正的桌子『一定』是一頭長了三隻腳的怪獸。」

「換句話說,」達力這下子總算是完全會意過來了,於是接著說道:「即使我們沒有充分的理由證明桌子真的存在,可是這最多也只可以推論說『也許桌子根本就不存在,而只不過是我們幻想的產物而已』,而不能推論出『桌子一定不存在』。」

「對極了!」謨爾高興的握著達力的手,說道:「所以用安塞倫主機的語言作邏輯推論,真的是無懈可擊嗎?當然不是!

用駭客界的語言作邏輯推論，事實上，也可以看起來無懈可擊
呢!」

10

「既然如此，現在我們就可以言歸正傳了。」不等達力會意
過來，謨爾看著達力問道:「讓我們回到最初的問題: 儘管找不
出充足的理由證明桌子存在，可是為什麼大多數人卻還是寧願
相信桌子的確存在呢?」

「等等呀!」這下子達力總算是會意過來了，於是抗議道:
「既然用安塞倫主機的語言作邏輯推論，並不是像我起初所想
的那麼無懈可擊，那我倒想學學駭客界的語言。你不是要教我
駭客界的語言嗎?」

「不要著急!」謨爾回答道:「等你成功的回答了我剛才問
的這個問題，你就同時學會了駭客界的語言了! 我問你: 為什
麼你寧願相信桌子的確存在呢?」

「既然用安塞倫主機的語言作邏輯推論，並不能推論出『桌
子一定不存在』，那麼我們為什麼又要假定桌子不存在呢?」達
力這時小心翼翼的邊想邊說，希望能盡量釐清自己的思緒:「我
們可不可以這樣說: 事實上，如果假定有一張『實實在在的桌
子』存在，反而還可以解釋很多事情呢?」

「你倒是說說看: 假定有一張『實實在在的桌子』存在，
到底可以解釋什麼事情?」謨爾追問道。

「好吧！讓我們這樣說好了！」達力繼續解釋道：「當我看著眼前的桌子的時候，我看到某種顏色；當我把手臂放在桌子上面的時候，我感覺到某種硬度；當我用手指敲敲桌子的時候，我聽到某種聲音。是不是這樣呀？」

「這我知道，所以不用再多作解釋了！」謨爾回答道：「現在我們的問題是：相信有一張『實實在在的桌子』存在，這可是說不出什麼理由的喔！」

「現在精彩的部分來了！」達力說道：「為了便於討論起見，讓我們暫時把顏色、硬度和聲音，稱為『桌子看起來的樣子』，你說好不好？」

「好呀！只要你高興就好。」謨爾回答道。

「所以囉！」達力繼續解釋道：「儘管找不出足以證明『實實在在的桌子』存在的理由，我們還是會同意下面這種想法是合理的：『桌子看起來的樣子』，實際上是某種不依賴於我們的知覺而獨立存在的東西的標誌。那就是說，超越顏色、硬度、聲音等等『桌子看起來的樣子』之上，我們還假定有某種東西存在，而顏色、硬度、聲音等等，只不過是這個東西的一些現象而已。」

「為什麼合理呢？你能不能解釋一下？」謨爾問道。

「當然合理了！」達力大叫道：「我問你：如果我把我的眼睛閉起來，顏色是不是就不再存在了？如果我把我的手臂移開，不再接觸桌子，硬的感覺是不是就不再存在了？如果我不再用

指頭敲桌子，聲音是不是也就不再存在了？」

　　「你的問句一定要這麼長嗎？你好像是在拖延時間吧？」謨爾突然看出了達力其實對自己的答案並沒有十足把握，於是笑著問道。

　　「可是我卻不相信當『顏色』、『硬的感覺』和『聲音』都停止存在時，桌子就因此也停止存在！」這時候，達力好像突然打通了思考的任督二脈一樣，繼續說道：「恰恰相反，我卻相信：正是因為有一張『實實在在的桌子』存在，所以我才能在睜開眼睛、放回我的手臂、又開始用指頭敲桌子的時候，『顏色』、『硬的感覺』和『聲音』才又重新出現。」

　　這時候，謨爾還是笑著打量著達力，希望他再進一步解釋。

　　「換句話說，」達力繼續解釋道：「如果根本就沒有一張『實實在在的桌子』存在，那我們實在很難解釋：為什麼當我重新睜開眼睛、放回我的手臂、又開始用指頭敲桌子的時候，『顏色』、『硬的感覺』和『聲音』會重新出現？」

　　「所以你的意思是不是這樣呀？」謨爾問道：「假定有一張『實實在在的桌子』存在，這似乎是最好的策略？」

　　「想不到你竟然用『策略』這兩個字！」達力大叫道：「原來『實實在在的桌子存在』根本就不是事實，而只不過是最好的策略而已！」

　　「換句話說，」謨爾繼續說道：「我們唯一能夠肯定的，是『桌子看起來的樣子』。儘管如此，當我們列舉出所有一切『桌

子看起來的樣子』的時候，我們似乎還是沒有說盡有關這張桌子的所有一切，因為『實在的桌子』總是不可避免的被我們遺漏了。所以囉！我們似乎有理由認為『桌子看起來的樣子』就是『實在的桌子』存在的標誌。」

　　「如果是這樣的話，那麼這個不依賴於我的知覺而繼續獨立存在、總是不可避免被我們遺漏的實在的桌子，它的性質究竟是什麼呢?」謨爾問道。

　　這時候，只留下呆頭呆腦的達力，兀自立在街頭，謨爾則微笑著漸漸消失在達力眼前……。

進階閱讀

在這一章的開頭，吉米首先問了一個非常有趣的問題：如果很多事情都可以懷疑，那麼這個世界上到底有什麼事情是絕對不能懷疑的呢？如我們曾在第三章的進階閱讀中所言，這個問題也是很多哲學家百思不得其解、並爭論不休的問題。為此，讀者不妨把前兩章視為回答這一個難解問題的暖身訓練。有了暖身訓練，在這一章中，我們就要開始試著對這個問題給出令人滿意的答案。

為了回答這個棘手的哲學問題，哲學家通常的策略，是暫時先尋找一個或多或少可以認為是確定的某一件事物。

現在我們可以問：有什麼事物是我們或多或少可以認為是確定的，以作為我們「尋找確定性」此一思想探險的起點呢？為了回答這個問題，讓我們再舉桌子為例說明。當我們觀察眼前的桌子時，我們或多或少都會認為：只要我們張開眼睛，我們就會看見桌子有一定的顏色和形狀；只要我們把手臂放在桌子上，我們就會有某種硬度的感覺。換句話說，雖然我們大可以懷疑世界上真的有一張「實實在在的桌子」存在，但是我們卻並不會懷疑桌子的顏色、形狀、硬度等感覺與料的存在。有趣的是：正是桌子的顏色、形狀、硬度等感覺與料，使我們認為在它們的「背後」，應該有一張「實實在在的桌子」存在。

　　然而真的是這樣嗎？如我們在第三、四章和本章所見，這又是一個非常有趣又棘手的哲學問題了。由此可見：當哲學家為了某個哲學問題而提出解答的時候，常常不僅沒有解決原來的哲學問題，解答本身反而又淪為棘手的哲學問題而爭論不休了。所以我們可以這樣說：哲學問題就像俄羅斯許願娃娃一樣，裡面不僅包含著無窮的娃娃，而且原本的許願娃娃還會無限的繁衍下去，製造出更多許願娃娃，也就是更多哲學問題！

　　我們在第一章進階閱讀中曾經提過的笛卡兒，不僅堪稱為近代哲學的奠定者，而且也曾經創出一種方法論上的懷疑法 (methodological doubt)，以便試圖發現絕對不能懷疑的事物（如果真的有這樣的事物的話）。所謂「方法論上的懷疑法」如下所述：凡是我們認為並不十分清楚明白的事物，我們就決不相信其為真。換言之，對於任何事物，只要我們認為稍有懷疑的餘地，我們就一律加以懷疑，如此一直懷疑下去，直到找到無可懷疑的事物為止。運用這種方法，笛卡兒逐漸相信：我們的某些直接經驗（例如桌子的顏色、形狀、硬度等感覺與料），其實是可能為假而必須加以懷疑的。為何如此？為了說明這點，笛卡兒想像有一個騙人的魔鬼以連續不斷的幻覺，把不真實的事物呈現在他的感官之前。在我們看來，這種魔鬼的存在雖然難以令人相信，不過卻仍然是有可能的。如果是這樣的話，那麼任何呈現在感官之前的直接經驗，便很有可能是這個騙人的魔鬼的傑作，而必須打入懷疑的冷宮之中了。

如果是這樣的話，那麼到底有什麼事情是絕對不能懷疑的呢？運用這種方法，笛卡兒逐漸發現：我們所能完全肯定的唯一事物，就是自己的存在。為何如此？雖然我們可以懷疑一切，可是，懷疑自己的存在則是不可能的！因為如果自己不存在的話，就沒有魔鬼能夠欺騙我們了！換句話說，如果我懷疑，那麼我就必然存在！運用了「方法論上的懷疑法」，笛卡兒得到了下列這個驚人的發現：原來自己的存在，竟然是絕對可靠而不容加以懷疑的！這就是笛卡兒說「我思，故我在」(Cogito, ergo sum; I think, therefore I am) 背後的理由所在。以「我存在」這個確定而不容懷疑的事實作為出發點，笛卡兒開始重新建立曾經被他的「方法論上的懷疑法」所摧毀的知識世界。

但是在此，請讀者特別注意：事實上，「我思，故我在」實在是推論得太多了！為此，讓我們分成兩點說明：

(1)乍看之下，我們可以十分肯定：「今天的我」就是「昨天的我」；而「這一刻的我」就是「下一刻的我」。然而真的是這樣嗎？這又是一個非常有趣又棘手的哲學問題了。為了日常生活起見，我們當然最好相信的確如此。但是，要證明「實實在在的自我」存在，就和要證明「實實在在的桌子」存在一樣的困難！這一點，我們在下一章中說明。

(2)讓我們拿桌子為例說明。當我們看著眼前的桌子，而且看

見某種咖啡色的時候，我們可以馬上十分肯定的事情，並不是「我看見了咖啡色」，而是「咖啡色被看見了」。對此，讀者可能會抗議道：如果我並不存在，那為什麼我又會看見咖啡色呢？對此問題，我們的回答如下：我們又憑什麼確定是「自己」看見了咖啡色，而不是「別人」呢？誠如謨爾所言，也許這個看見咖啡色的存在者，根本就不是人，或者只不過是瞬間出現的東西而已，而這個東西和下一瞬間看到咖啡色的東西，也許根本就不是同一個存在者。換句話說，笛卡兒最多只能證明「呈現在眼前的東西的確存在」，可是卻不能證明「這些東西呈現在我的眼前」。

由上面這個觀察出發，我們似乎可以安全的得出下面這個結論：事實上，什麼東西都可以懷疑，但是在最低限度上，我們的某些直接經驗（例如桌子的顏色、形狀、硬度等感覺與料），卻似乎是絕對可以肯定而不能加以懷疑的。而由上述討論，我們也可以進一步結論道：用安塞倫主機的語言作邏輯推論時，所得到的「這個世界只有自己存在」這個結論，事實上是不能成立的。因為我們根本不能證明「自己存在」，而只能證明（例如）「咖啡色的東西」等感官知覺存在。如是觀之，具有原始可靠性的，就是特殊思想、感官知覺和感情了；至於這些特殊思想、感官知覺和感情究竟是誰所有，則一點也不能確定。

事實上，20 世紀的哲學家習稱這些特殊思想、感官知覺和感情為所予 (the Given)。不過，如我們在上面所曾指出：笛卡兒認為我們的某些直接經驗，其實很有可能是騙人的魔鬼的傑作，而必須打入懷疑的冷宮之中。若是如此，那麼「所予」真的是絕對可以肯定而不能加以懷疑的嗎？為此，區別下列兩種主張，便顯得非常重要了：

(1)感官知覺等直接經驗（即「所予」）的存在，是絕對可以肯定而不能加以懷疑的；

(2)感官知覺等直接經驗（即「所予」）的存在，是絕對可以肯定而不能加以懷疑的；然而其背後是否有一個實在的事物與其相對應，則當然可以加以懷疑。

當笛卡兒說「我們的某些直接經驗，其實很有可能是騙人的魔鬼的傑作」時，他的意思其實是(2)。而當我們問「『所予』真的是絕對可以肯定而不能加以懷疑的嗎」的時候，我們的意思其實是(1)。現在我們的問題是：(1)真的能夠成立嗎？事實上，這又是一個非常有趣而棘手的哲學問題了。

由上述討論，就自然而然的把我們引入了這一章的第二個主題，即「安塞倫主機的語言」與「駭客界的語言」的區別。在這一章中，讓爾教導達力「駭客界的語言」，以便中和「安塞倫主機的語言」的邏輯推論所帶來的毒性。在此，「駭客界的語

言」代表了實在論 (realism) 此一哲學主張，而「安塞倫主機的語言」則代表了反實在論 (anti-realism) 此一哲學主張。事實上，「實在論」與「反實在論」之爭，不僅是個古老的哲學問題，而且還是哲學家至今仍爭論不休的問題。大抵言之，「實在論」主張：如果我們取下了「觀察世界的眼鏡」〔或稱為概念架構 (conceptual scheme)〕，則外在世界仍然存在。相反的，「反實在論」則主張：如果我們取下了「觀察世界的眼鏡」，則根本就沒有外在世界可言。換言之，「實在論」主張：外在世界的存在，是獨立於我們認識世界的「概念架構」；而「反實在論」則主張：外在世界的存在，是完全依賴於我們認識世界的「概念架構」，並深受「概念架構」所「污染」；沒有「概念架構」，根本就沒有外在世界可言。

由此觀之，用安塞倫主機的語言（即「反實在論」）作邏輯推論，當然就會得出「也許桌子根本就不存在，而只不過是我們幻想的產物而已」此一結論，因為從反實在論的觀點看來，外在世界根本就不是獨立存在的，而只不過是相對於我們認識世界的「概念架構」而存在。不過請讀者注意：用安塞倫主機的語言作邏輯推論，最多只能得到「也許桌子根本就不存在」此一結論，而不能推論出「桌子一定不存在」。誠如謨爾所言，這就是達力所中的毒！

可是另一方面，我們又不得不承認：我們相信有一張「實實在在的桌子」存在，可是卻又說不出什麼充分的理由——這

是用安塞倫主機的語言作邏輯推論所得出的結論。然而，既然
用安塞倫主機的語言作邏輯推論，並不能推論出「桌子一定不
存在」，而只能推論出「也許桌子不存在」，那麼我們為什麼又
要假定桌子不存在呢？由此可見：以反實在論的邏輯推論出「也
許一切只不過是幻覺而已」，並不像表面上那麼具有說服力。若
是如此，那麼我們就可以追問道：如果假定有一張「實實在在
的桌子」存在，又到底可以解釋什麼事情呢？

　　對於這個問題，我們可以給出下列回答。誠如達力所言，
儘管找不出足以證明「實實在在的桌子」存在的理由，我們還
是會同意下面這種想法是合理的：「桌子看起來的樣子」，實際
上是某種不依賴於我們的知覺而獨立存在的東西的標誌。那就
是說，超越顏色、硬度、聲音等等「桌子看起來的樣子」之上，
我們還假定有某種東西存在，而顏色、硬度、聲音等等，只不
過是這個東西的一些現象而已。為什麼這種想法合理呢？最主
要的理由，在於我們可以控制我們的感官知覺，而使得諸如顏
色、硬度、聲音等「桌子看起來的樣子」停止存在，可是我們
卻不相信桌子就因此也同時停止存在！恰恰相反，我們卻相信：
正是因為有一張「實實在在的桌子」存在，所以我們才能在重
新睜開眼睛、放回手臂、又開始用指頭敲桌子的時候，「顏色」、
「硬的感覺」和「聲音」才又重新出現。換句話說，如果根本
就沒有一張「實實在在的桌子」存在，那我們實在很難解釋：
為什麼當我們重新睜開眼睛、放回手臂、又開始用指頭敲桌子

的時候，顏色、硬度、聲音等「桌子看起來的樣子」會重新出現？可見假定有一張「實實在在的桌子」存在，似乎是最好的策略。

　　換句話說，當我們列舉出所有一切「桌子看起來的樣子」的時候，我們似乎還是沒有說盡有關這張桌子的所有一切，因為「實實在在的桌子」總是不可避免的被我們遺漏了。如果是這樣的話，那麼這個不依賴於我們的知覺而繼續獨立存在、總是不可避免被我們遺漏的實在的桌子，它的性質究竟是什麼呢？這又是一個難解的哲學問題。

6

不存在
卻又無所不在

1

洞穴或是吉米，哪一個才是實在的？這個問題，達力沒多久就決定投降不管了。這問題也許重要，但並不緊急——畢竟，眼前只有十年一次的大競賽是實在的。

吉米卯起來，擬訂了一個鐵血作戰計畫，他們兩人一隊，每天都必須就各種難題分成正反兩方互相質疑、辯論。較之說話，達力其實更善於思考，所以本來對很正式的辯論就有點排斥，他覺得自己與吉米在大多數問題上都有默契，大部分時間都可以忘言，何必一定要故意對立、挑對方毛病，然後再爭得臉紅脖子粗？不過對於這一點，吉米也曾不客氣的反問達力，如果不以某種方式表達出來，別人怎麼知道究竟你在思考什麼？達力想想不無道理，也就很樂於配合了。

其實對達力來說，與其說是傾心榮譽，倒不如說是感激為了爭取榮譽所衍生的這一連串練習——這成了維持他生活安定的力量。他用這個目標讓自己無暇去想起那個折磨人的實在界問題，而完全沉浸在有標準答案的智性旅程中，他覺得這會使得他與其他賽琦城的市民一樣，活在確定的事件當中，走在看得見的道路上……漸漸的，他已經從單純的配合，轉成全心全意的投入。

每天一醒來，他就迫不及待的進入益智難題大全遊戲中練習起來，之後，與吉米一起從宿舍走到實驗室的路上，兩人會

分享解題的樂趣——當然，也有解不出題的苦惱。實驗室裡的工程師們知道他們兩個的計畫，都很贊成。很多人還實際出力贊助——提供練習題，有時還跟他們一起討論，其熱衷程度甚至並不亞於兩個當事者。

這是整個城市引頸期盼的盛事，每個人都不想當個局外人，街道上開始有各式各樣的告示、宣傳，討論有關這個競賽的相關話題成了點頭之交的寒暄、老友聚會的伴手禮。無能力或沒機會的人都把這件事成天掛在嘴上了，更何況實驗室裡的工程師——他們一向是公認的智識精英。本來其中也有些人打算組隊參加，但他們似乎普遍缺乏夥伴關係或是——如同吉米一語道破的——初生之犢的勇氣。他們每一個人對猜測大賽裡可能出什麼題目都擺出一副胸有成竹、各有定見的神情，但似乎都很有默契的在最後一刻採取「僅比觀望還要再積極一點」的態度：在旁支持及加油罷了。

「我想他們不參賽並不是缺乏勇氣。」達力說出不同於吉米的觀點。

「怎麼說?」吉米不以為意的隨口回應。

達力聳聳肩，一派輕鬆：「古希臘哲學家畢達哥拉斯認為：在競技場上的三種人——小販、選手及觀眾，正代表了現實社會中三種層級的人。小販汲汲營營於作生意，為謀利所驅使；選手戰戰兢兢於獲勝，為求榮譽所驅使；都不是最上層的人要

追求的典範；唯有旁觀者才能真正客觀思考，是喜愛智慧、受智慧主宰的人。所以那些工程師樂於看我們當選手在競技場上搏命演出，而他們保持旁觀的優越地位——他們怎麼會是害怕？恐怕壓根是精英思想驅使他們選擇旁觀！」

這些話聽來十分有意思，甚至極有說服力。吉米對友伴不知從什麼時候開始，在言語機鋒上的長足進步感到讚歎，甚至隱隱有些微的吃味——由於口才便給加上不怕生，吉米長久以來都擔任達力的發言人，但最近這種情況有了微妙的改變。經過一段時日的練習之後，達力不僅可以讓自己的說話速度跟上思考速度，有時還會搶答，幾乎已達不假思索就可以心想「話」成的境界。

「唷! 你好像變了一個人!」想到這裡，吉米突然幽幽的說。

2

「這是什麼問題?」沒有意識到吉米吃味語氣的達力，愣愣的被這句問話卡住了。到目前為止，他們還沒解過這類問題。

「拜託! 這不是問題好嗎?」吉米沒好氣的回話。

「不是問題嗎?」達力像在喃喃自語。

吉米看到達力一副癡傻的模樣，不禁莞爾。哈! 達力原來的樣子有點回來了。

達力原本正以接近本能的節奏上線操作新型火箭——該做的新程式測試還是要做，畢竟忙於實驗或練習一樣都是他的安

定劑。但這下子卻因友伴的一句話，停止了順暢的動作。

「你好像變了一個人——這句話不是我們說的那種問題。」吉米察覺到達力停頓太久，急忙補充說明他先前說的那句話。

「事實上，我覺得這是一個大問題呢！」達力堅定的看著友伴，完全不像有絲毫開玩笑的意思。

這次換吉米愣住了，噘起嘴來很專注的等待達力進一步的說明。

「我的意思是說……」是的，那個一認真說話就支支吾吾的達力又回來了。「怎麼說……如果你覺得我好像變了一個人的話，那是不是意味著你覺得我一直是同一個人啊？」

「這是什麼問題啊？」吉米幾乎失聲叫了出來。

「呀，這就是人格同一的問題，不是嗎？」達力倒使出全力喊了出來。

經達力這麼一喊，吉米立刻回神。「哈！這個問題呀！」

「你憑什麼認定我一直是同一個人？」雖然口氣有點太直接，但達力其實只是很認真而已。

「記住：文雅總是能加分的，達力。這個問題應該修正為：是什麼因素使一個人在一段時光流裡，維持為同一個人？」吉米解題的興致來了，把原先對達力的譏諷全收了起來。

「隨你怎麼修飾問題。總之，我的問題是：究竟我們如何確定『那個人』一直是『那個人』？」達力的問句稍有修正，但還是顯露出同一種執著。

　　吉米並未正面迎擊達力，反拿另一個問句拋回給友伴：「你覺得有『不是』同一個人的問題嗎？」

　　「你剛才不就說我變了一個人似的。」達力理直氣壯、簡單明瞭一句話。

　　「那倒是。」吉米又見識到友伴不鳴則已、一鳴驚人的功力。「我說那句話的意思是說，你跟平常不大一樣，倒不是說你已經不是你了。」

　　「只是這樣嗎？我以為你也跟赫拉克利圖一樣，覺得不同時間的我並不是同一個我。」

　　「赫拉克利圖？他曾出現在我們的練習或程式嗎？不會又是你隨便掰的人名，像是謨爾之類的？」雖然這似乎顯得吉米有點故意，哪壺不開提哪壺，要在達力漸漸淡忘那個如夢似真的異象時，冷不防的亮出「謨爾」一詞，但其實這是因為達力對許多典故的熟悉，已經讓他開始有點招架不住！吉米覺得自己彷彿失去了主場優勢。

　　「不是，他是古希臘時期的一個哲學家，他曾說：『當我第二次把腳踏入同一條河流時，它就已經不是剛才那條河流了。』」達力並未意識到吉米的一番尋思，只是以最單純的方式回答了吉米的揶揄。

　　吉米自己意識到剛才那話有點過分，趕緊把話收了一下：「不知你可不可以把那句話翻譯得文雅些？因為……」

　　「因為文雅永遠是可以加分的？」達力即時接話沒漏縫。

「哈！你果真在聽我說話。」吉米忍不住覺得有趣，心情頓時也輕鬆了不少。

但達力反而更認真了，他使出獵犬般的固執，狠狠抓著這個問題毫無鬆手之意：「好，我們不妨就來討論：究竟我們怎麼認定一個人在一段時光流裡一直維持為同一個人？」

吉米還是漾著笑意，回問道：「這不是很明顯嗎？我們一直是同一個身體啊！」

「是嗎？但我們現在的體格明明就跟十年前的我們差很多，也許有人這些日子以來都沒看過我們，根本就認不出我們來。」達力定定的說。

吉米一個箭步，欺身過來，兩眼睜得斗大直瞅著達力，還故作戲劇性的說：「不會，就算你換了髮型、穿上奇裝異服，我都認得出你來。」

達力知道吉米不時要故意岔出問題主軸，忍不住露出一個莫可奈何的表情：「是這樣嗎？那麼如果我變臉易容，還把全身的皮膚都換過，就像很多人常常在做的，那麼你還是覺得我是同一個人嗎？」

「只是換了底色嗎？」吉米戲謔語氣不改。「那還是認得出你啊！至多像套色套得不好的印刷品，要被當成瑕疵罷了。」

「但是說真的，我們自小到大，身體的改變這麼大，憑什麼認為『同一個身體』就可以保證『同一個我』呢？小時候瘦弱到風吹來就打顫的身體，跟現在這個壯碩如牛的身體，顯然

不是同一個身體。如果是這樣的話，難道一個人只要一長大，就馬上不是同一個人了?」達力瞭解吉米的幽默，但顯然他並不想只是笑笑就算了。

吉米點了點頭，從容的說:「我可不會讓你這刁鑽的問題嚇著! 拿個較簡單的情況試著說吧，我們怎麼肯定剛剛走進來的達力，跟這會兒要走出去的達力是同一個人? ……如果我們可以證明在這一段時間內，這一刻占據某一空間的身體，和前一刻占據同一空間或相鄰空間的身體相同……也就是說我們在這段時間內，觀察到你身體移動的過程，其間並沒有任何空隙或間斷，那麼就可證明是同一個身體，所以也就是同一個人啊!」

達力站起身，用慢動作的腳步繞著吉米走了一圈:「是這樣嗎? 你清清楚楚的把我看個夠了?」

「是的，明明白白的，沒眨眼呢!」吉米俏皮的說。

達力回敬吉米:「謝謝你對我目不轉睛呢!」

吉米忍俊不禁，但還是又拉回進行中的話題:「呀! 講得學術一點嘛，意思是這樣的: 只要很多身體能夠穿越『連貫時空隧道』而成功的連在一起，那麼這些身體其實就是『同一個我』所有。換句話說，你以前小娃兒的身體跟以後老朽了的身體雖然有所不同，可是它們都可以透過一個連貫的時空隧道而成功的連在一起，所以當然就可以保證這些身體是同一個人所有呀!」

3

「好吧，就姑且假定同一身體可以保證人格同一吧！但是
一個人在器官移植後，難道就不再是同一個人了？這你又怎麼
說呢？」如電光石火般，達力突然又想到新的問題了。

吉米無暇喘息，怔怔的望著達力：「我也料到你接著就要問
這問題。」

達力繼續追問：「就接續你剛才說的吧！我像換了底色一樣，
把全身的皮膚都給換了，你還是認得出我來……嗯，如果不只
是單一的器官，而是把所有的器官都換了大半，有了全新的零
件，那麼你還是覺得我是同一個人嗎？」目前辯論似乎平分秋色。

吉米不假思索的說：「當然還是呀！只要你的腦袋瓜沒變就
還是。」

達力雲朵般的眉毛微蹙，一臉認真模樣：「可是我的身體器
官已經換了大半了呀！照你剛才的理論，既然身體已經改變了，
人格也應該改變才是呀！」

「好吧！我修正我的理論：其實腦袋才是判定人格同一的
標準。這樣你滿意了吧？」吉米說道。

「喔？所以原來重點不是同一個身體，而是同一個大腦了？
你的意思是說，維持我的同一性的其實就是我的腦？」

吉米點了點頭：「對！你換心或變臉，都還只算是部分的你
改變而已，但你還是你啊！相反的，如果你一旦換了腦袋，那

麼你就再也不是原來的你了!」

　　達力沒絲毫遲疑,繼續追問:「腦不是也是我的部分嗎? 那為什麼換了腦的嚴重性就遠遠超過其他器官?」

　　「這沒什麼好爭論的,其他器官就是不能跟腦部相提並論嘛! 所有感官的中樞都在腦部,這不早就是常識了嗎?」吉米的語氣與其說是不耐,倒不如說是不解。他覺得達力在裝笨——但之前的對話,明明就將他藏得很好的聰慧洩了底。他記得在學習程式裡讀到古希臘哲學家蘇格拉底也有這種毛病:明明是雅典城裡阿波羅神諭認定最聰明的人,但每次有人拿問題問他,他就直說不懂,還反過來問對方那些早就很清楚的問題。

　　吉米真的沒料到自己「你好像變了個人似的」的一句低聲感歎,竟會陷入達力連珠炮似的問話攻擊——雖然有些意外,但他並不覺得真的那麼難以招架。反之,這恰好是大競賽的最好練習。一想到這點,吉米就馬上收起隨興的樣子,開始認真起來。

　　炮火稍歇。沒想到達力竟馬上又問:「所以如果兩個人交換腦袋,那麼他們是否就人格互換了?」

　　改變心態的吉米,發現自己說話突然吞吞吐吐起來:「當然……這是很詭譎的,你也可以說……這是兩個……除了腦部沒換,其他器官都換了的人……」

　　達力察覺到吉米沒來由的謹慎,覺得有點滑稽但又不好意思笑出來,只好把友伴的話稍作排列組合後再複誦一遍:「兩個

只交換頭腦的人，也可以視為除了腦部沒換以外，其他器官都換了的兩人。」停頓了一下後，達力又問：「怎麼說？」

無意間丟了個煙幕彈的吉米，好整以暇的又拿回主場優勢：「接續我剛才的說法，因為所有感官的中樞都在腦部，所以大腦移位，在大腦的感官中樞也一起移位，所以其實換了大腦的人，只會覺得自己換了所有其他的器官。」

對吉米這番話，達力邊點頭、邊翹起大拇指表示欣賞。但欣賞歸欣賞，質問並未稍停：「你的意思是說，怎麼說……就拿一個不是不可能做到的醫學實驗來說……當原來長在 A 人身上的 a 腦移植到 B 人身上，而原來長在 B 人身上的 b 腦移植到 A 人身上，那麼，A 人是否會覺得自己還是 A 人，或是他會覺得自己成了 B 人了呢？」

4

「呀？你的意思是說：他們到底會不會覺得自己已經換了一個人了？」吉米把達力的問題整理得較簡潔一些。

達力點頭代替回答。

「嗯，我剛才已經講得很清楚了：他們不會覺得自己換了大腦，只會覺得自己換了所有器官。所以，換了 b 腦的 A 人，覺得自己是換了除了大腦以外所有器官的 B 人；同理，換了 a 腦的 B 人，則覺得自己是換了除了大腦以外所有器官的 A 人。」吉米語氣平淡，但其實一直留心提防達力要使什麼招式出來。

　　果不其然，達力出招了：「等等，請問是誰的腦袋換到誰的身體上呢？你能不能再說一次，我聽不懂！」

　　「原來長在 A 人身上的 a 腦移植到 B 人身上，而原來長在 B 人身上的 b 腦移植到 A 人身上呀！」吉米解釋道。

　　「等等！」達力插嘴道：「你的意思是說：所以 A 人原來擁有 a 腦，而 B 人原來擁有 b 腦，是不是這樣呀？」

　　「完全正確！」吉米微笑著回答道。

　　「如果是這樣的話，那麼你根本說了等於沒說！」達力說道。

　　「啊！為什麼呢？」吉米突然驚慌失措了起來。

　　「我問你，」達力說道：「我們原來的問題是：大腦是不是人格同一的標準？你的答案顯然是肯定的。可是當我追問為何如此的時候，你卻說：因為 a 腦原來為 A 人所擁有，而 b 腦原來為 B 人所有。換句話說，你早就偷偷假定了 a 腦、b 腦各是誰所擁有了，而且也早就假定大腦才是判定人格同一的標準！所以你根本早就犯規了！」

　　吉米停頓了一下，想開口反駁，提了一口氣卻怎麼都說不出話來。

　　「而且更大的問題還在後頭呢！」達力又問道：「如果所有感官的中樞都在腦部——這是如你所說的每個人都知道的常識，而且如果大腦移位，則在大腦的感官中樞也一起移位的話，那麼，我們究竟應該認為『有人作了大腦移植手術』，還是應該認為『有人作了除了大腦以外的全身器官移植手術』呢？」

「等等！這是什麼意思？能不能再解釋一下？」吉米抗議道。

「我的意思是這樣的，」達力解釋道：「從旁觀者（例如醫生）的觀點看來，會覺得 A 人換了 b 腦，而 B 人則換了 a 腦。換句話說，旁觀者會認為這兩個人作的是大腦移植手術。可是照你剛才所說，這兩個作完手術的人，卻會認為自己作的是除了大腦以外的全身器官移植手術。如果是這樣的話，那麼應該以誰的答案為準呢？為什麼？」

吉米啞口無言，兩人之間的空氣也好像凝結了。

不知隔了多久，吉米才像從昏睡中悠悠轉醒，開口說話了：「呀，我承認你說得有道理。對於你剛才的問題，我的回答是：當然要問當事人才是！換句話說，當然要以當事人的記憶為準！」

這時候，只見達力靜靜的看著吉米，不發一語。

「事實上，我也想起來了一個人——啊！可不是只有你會認識那些講奇怪話的奇怪人喔！洛克，嗯，就是他！洛克這個哲學家就認為：判定人格同一的依據，就在於記憶。因此接續我們剛才討論的『換腦實驗』，確實，由於記憶在腦裡，所以換腦後，原先的腦不論換到誰的身上，都應該以原來擁有腦的人作為這個身體的主人才是。」吉米說道。

達力用欽慕的眼神看著友伴：「你承認講錯話的方式真是我見過最文雅的了！」

吉米又好氣又好笑：「你稱讚別人的方式才文雅呢！」

5

談興正濃的達力，不希望吉米提早下場，於是緊接著又問：「洛克到底是怎麼說的?」

「嗯，讓我想想——他反對以同一個身體來證明人的同一性。他說，一個人即使換了不同的身體，仍然可以維持同一個人的自覺。」吉米懇切的回答問題。

達力故意搖頭晃腦，聳聳肩，擺擺手，笑著說：「這倒是！從小到大，我們的身體不知早已換過多少次了。」

吉米順著友伴的語氣：「對，借屍還魂好幾次了。」

「那麼，」達力收斂玩心，恢復正經神色說：「他又怎麼主張人格同一性呢?」

吉米心裡暗忖：十年一次大競賽難不成會考這種問題嗎?沒有立刻答話。

等不到回應的達力於是自問自答起來：「你剛才說，洛克認為記憶是唯一能夠貫穿各個人生階段的因素……」

吉米知道自己剛才並沒有透露這麼多，所以達力想必早就知道洛克的說法了? 想到這裡，吉米不免要嗔怪友伴又在裝笨了。雖說如此，吉米還是覺得自己不該跳過問題不答：「簡單的說，洛克的想法是這樣的：如果一個人仍能記得前一個人生階段中的經驗及行動，那麼現在的他，和前一個人生階段中的他便是同一個人。」

「但我記性不好呢！根本記不得以前在做什麼，怎麼辦？」達力戲劇性的驚呼一聲：「難道現在的我就因此和我已經忘記的以前的我，不是同一個我了嗎？」

吉米沒好氣的說：「哼！就知道你會來這一套！」雖然語氣有點凶悍，其實完全出自熟稔。

「記憶這種心理聯結，可以再細分為直接和間接兩種。例如我們在當下對前一階段人生經驗的記憶，就是屬於直接聯結；間接聯結則是直接聯結間的相接環扣。」吉米接著說。

「嗯，很有意思。」達力很有興味的看著友伴，他知道吉米向來遇強則強，難題不但不會讓他惱怒，反而會見獵心喜。

「如果你現在記得你三個月前發生的事，而你三個月前又記得之前三個月的事，那麼現在的你，跟六個月前的你的經驗，便有一個記憶的相接環扣存在。」頓了一下擺明要等友伴的喝采，吉米直瞅著達力。

達力嘴角微微上揚，也是一副摩拳擦掌的神態：「你說的煞有一回事，但為何我覺得有點在轉圈子呢？」

「呀？怎麼說？」吉米甚是詫異，這場論辯好幾回合分不出勝負，語氣上不禁也少了些許優雅及從容。

「我們剛才不是試圖用心理聯結來證明一個人的同一性嗎？」達力吐字清晰，一副成竹在胸的樣子。

「嗯。」吉米成了採取守勢的一方。

「但是，當你在界定那些特定的心理聯結關係時，其實已

經預設了一個人的同一性。」達力定定的說。

吉米心領神會，但不想立時就舉白旗認輸，於是以拖待變。

「怎麼說?」吉米頭偏向一側，露出認真思考的神情。

達力難掩解答的喜悅:「怎麼說? 嗯，好吧，就這麼說吧! 你剛才說的『人生階段』和『記憶』，究竟是誰所擁有的呢? 在你回答這些問題的同時，你其實早已知道了誰擁有這些人生階段和記憶了，不是嗎? 換句話說，假如你不預設人格同一性的存在，那麼你根本就無法用記憶來解釋人格同一啊! 所以，就如同你剛才用大腦來回答人格同一問題一樣，這次你又犯規了!」

「……」吉米陷入沉默。

達力並沒有乘勝追擊，只有把話一股腦兒傾巢而出的輕鬆。

6

在場邊稍作休息的吉米，馬上又恢復原來的活潑模樣。

「我覺得剛才那一番論辯，可比前兩天我們測試的新遊戲還要來得耗人心力!」吉米有點撒嬌的對友伴說。

「會比你這個磨人精來得耗人心力嗎?」達力忍不住回敬友伴一句戲謔，也算是藉機發洩練習辯論以來或多或少的緊繃心情。

吉米露出略帶狡獪的微笑:「但是很有趣吧? 你不得不承認吧。」

達力暗忖。流暢的對話，當然要比之前不斷干擾他生活的

那些奇怪片斷要來得有趣多了——天啊！他真的不想再想起那些蕭索殘敗的畫面！雖然他跟吉米的對話也有偏離現實的成分，甚至有些許「玄」的味道，但那些有關謨爾的話——實在界、洞穴以及被放逐的命運，則完全顛覆了他長久以來的信念，也因此是無法理解的！

吉米不放心達力的沉默，急忙嚷道：「讓我們回顧一下剛才的棋局吧！再怎麼說，就算我輸了，也要知道是在哪一步踩空腳步的！」

達力點點頭，說：「是你先引起人格同一的問題的。」

「但我並非有意的。」吉米顯得有點後悔。

「你首先認為同一個身體可以用來判定人格同一，也就是說，我們可以確信某人一直是同一個人，因為他一直擁有同一個身體。」達力說話愈來愈四平八穩了。「但是我現在跟小時候的模樣差好多，那麼到底能不能確定我還是我呢？」

吉米鼻頭微蹙，沒好氣的說：「是呢！現在哪一個人不是時時刻刻在更換身體零件呢？所以你的問題也是很多人的問題。」

達力接著問：「那你如何解決這個問題呢？」

吉米搔搔脖子，淡淡的說：「自然是轉個彎了。讓我們來考慮身體的因果連貫性好了：早年身體經歷的事故，會影響後期的身體狀況。在這種情況下，我們就會認為這是同一個身體。」停頓了半晌，吉米又像自首般的說：「但我承認，即使加上我剛才扯的那些話，用同一個身體作為判斷人格同一的標準，還是

無法回答『為何換了器官，我還是同一個我』這個問題。」

　　「是呀！因為我們大可以追問：究竟是誰早年身體經歷事故，又究竟是誰後期的身體狀況？為了回答這些問題，我們就不得不假定自己早已知道是誰早年身體經歷事故、誰後期身體有哪些狀況了。」達力點點頭，平靜的說：「所以你只得趕快把大腦扯進來，並主張大腦是人格同一的標準了，是不是呀？」

　　「哈哈！」吉米內心其實是驚歎友伴思緒的清晰，但口氣上卻故意表現得好像對方只是說話有趣罷了。「對，因為我說『所有感官的中樞都在腦子』。」

　　「所以到目前為止，你已經換了一次說法。」達力提醒吉米。

　　「同一個腦子如果是人格同一的保證的話，那麼換了腦就表示換了一個人。」吉米繼續說，沒有片刻遲疑。

　　達力作了個暫停的手勢：「可是就像我剛才說的：即使把大腦扯進來，也不能解決問題。因為我們大可以追問：究竟是誰的大腦呢？可見我們早已知道這是誰的大腦了！可是我們卻還假裝不知道，而以為僅僅用大腦，就可以輕易判定它的主人呢！」

　　「呀！因為我們馬上就討論起兩人互換腦袋瓜的事了──但其實我們說換腦的事，不管是自己到網路更新腦裡的程式，還是讓上面交代下來要去送修部分零件，甚至整個換掉，不都是稀鬆平常的事嗎？所以……」吉米沒頭沒腦、一鼓作氣的說著一些混亂的話，也沒察覺自己說了好多平常藏在腦裡、從不吐露的話。

達力略有深意的看了友伴一眼,機警的把話接過去:「所以你認為『腦』似乎還不夠基本?是不是有其他物質——類比成電腦的話,就是像電腦程式一類的東西?那些程式可移植到其他大腦,而人格同一將依那些程式的轉移而轉移?」

「你講得既拗口又玄妙!問題是,我好像聽得明明白白。可以這麼說,你的推論很接近我的想法了。」吉米一臉笑嘻嘻,似乎真的是沒什麼顧忌,說得很盡興。

「所以同一個大腦又不是使我們認定某人是同一個人的因素了?你一直在轉變你的論證呀!」達力手肘碰了友伴一下,故作驚訝狀:「那我問你:這些像電腦程式一樣、比大腦還更基本的東西,是不是就是你剛才說的記憶呀?如果是的話,那麼你還是得回答『究竟是誰的記憶』這個問題;如果不是的話,那麼這些比大腦還更基本的東西,又是什麼呢?」

吉米大落落的摸著自己的頭,豪氣的說:「哈!這我怎麼知道?所以你也可以說我已經不是同一個人了!」

達力無意搶話當贏家,只是忍不住要逗弄友伴:「應該說你這個臭皮囊裡不只有一個人格!」

吉米輕鬆依舊,笑著說:「呀!這真是很有趣的說法。事實上,這就推翻了我剛才第一時間講的,是同一個身體確定我們的人格同一。」

「所以我們到底有討論出什麼結論嗎?」達力也忍不住笑了出來,雖說有些許無奈的味道。

「反正不是正式比賽嘛!」吉米還是興味盎然,好像沒把輸贏放在眼裡。

7

但情形並不是這樣的。

輸了確實並不會有什麼懲罰,至多實驗室裡有些工程師會落井下石,在一旁訕笑:「早知你們拿不了冠軍,當初就不禮讓你們兩個後生小輩去比賽了。若是我們親自出馬的話,局面就不是這樣了!」但這發生的可能性並不大,因為能打入決賽就夠有面子了,諒那些不敢去比賽的人也沒敢說什麼大話來。

重點在於贏的滋味太吸引人,所以沒有人——特別是吉米——會真的不當一回事的。

達力甚至覺得吉米好像生來就是要來參賽的,這似乎是他的理想——或說他的使命、他生存的意義。達力自己反倒只是把這件事當成讓自己平靜的工具,吉米則是志在以這次比賽讓自己揚名立萬,讓自己從此有一個不平靜的生活。

「這個比賽為何對你那麼重要?」達力終於忍不住問吉米。

吉米瞪大眼睛直視達力,彷彿他說了什麼令人匪夷所思或是大逆不道的話。

達力心想:這個問題會比「你如何證明你一直是同一個人」這個問題還要費解嗎?又會比「謨爾」、「實在界」那些話還要挑戰禁忌嗎?然而為什麼吉米對那些話的反應反倒顯得平靜多

了?

「也許換了一個人的反而是吉米也說不定。」達力聳聳肩，擺擺手，但話並沒有說出口。

「咦?」壓根兒沒料到竟然會有這種可能性的達力，竟然驚訝的說不出話來！他很想再追問下去，卻發現自己好像已經把生來的聲音都用盡了似的，現在一點聲音都發不出來了。

進階閱讀

在這一章中，達力和吉米所爭論的，是人格同一 (personal identity) 問題。人格同一問題是西方哲學家長期以來爭辯不休的重要問題之一。哲學家質問：是什麼因素，使得小時候的張三和長大後的張三仍是同一個人？換言之，哲學家質疑道：在不同時間、狀態下，一個特定的個體人格保持同一不變的根本條件是什麼？這就是人格同一問題。

事實上，人格同一問題和我們的日常生活息息相關。為了清楚說明這點，讓我們設想下列情況：假定法庭決定對一名十年前被判死刑的囚犯張三行刑。由於張三在漫長的被押期間，已洗心革面成為一名虔誠的基督徒，因此我們很有理由認為：十年後的張三已經不是原來的罪犯張三，因為其人格已經徹底改變。如果是這樣的話，那麼張三是否還有必要為十年前的罪惡人格承擔責任呢？如果對張三執行死刑是不合理的，那麼是否所有的死刑都是不合理的呢？

人格同一問題在現代西方哲學中一直占有重要的地位。隨著現代自然科學的發展，醫學研究中的裂腦人，思想試驗中的換體人和複製人等，更是使「人格同一」此一哲學課題不斷被賦予新的意義。

(1)裂腦人：在 1940 年代時，科學家發現：有一些人為治療癲
癇而被割斷了連接大腦兩半球的胼胝體物質，然而生活中
卻表現出許多異常行為。有一名女患者抱怨她有時用右手
把襪子穿上時，其左手卻莫名其妙的又把襪子脫了下來；
另一名男患者則抱怨他有時想用右手擁抱妻子，而左手卻
將妻子推開。對此，美國哲學家內格爾教授認為：事實上
每一個人都存在著多重人格的情況。對於裂腦人、多重人
格的哲學爭論，使得一般人所認為的「同一時間內同一個
體只能占有同一人格」此一觀念，面臨嚴峻挑戰。

(2)換體人：英國哲學家威廉斯曾在 1970 年提出了著名的「換
體人」思想試驗。在這個試驗中，兩個人進入一個機器之
後被互換了包括大腦在內的整個身體──A 占有了 B 原
來的整個肉體，卻仍然保有 A 的意識；而 B 則占有了 A 原
有的肉體，而保留著 B 的意識。對此，威廉斯質疑道：換
體之後的 A 人格和 B 人格應該如何決定呢？我們究竟應
該以肉體還是以意識作為人格同一的標準？現在我們再假
定：在換體之前 A 和 B 被告知「換體之後 A 和 B 中的其
中一人將受拷打之苦，而另一人將得到十萬美元的獎賞」，
然後讓他們各自做出選擇。顯然這兩人都會選擇在換體之

後，讓自己的意識作為人格主體去獲得十萬美元的獎賞。由此似乎可知：「意識」是人格同一的充分條件。然而故事並沒有結束——威廉斯又假定：其中一個人被告知他在第二天將受到嚴刑拷打，而在拷打之前，這個人將會遺忘自己以往的一切（也就是說，這個人會中斷自己意識的連續性，而只保持著肉體的連續性）。在這種情況下，威廉斯認為這個人仍然會感到恐懼不安；然而如果拷打將施加於另一個人的肉體之上時，這個人的不安便會消失。由此可知：「肉體的延續」對人格同一雖然不是充分條件，卻是不可少的條件。

(3)複製人：紐約大學哲學系教授盎格曾質問道：假定我們發明了一個複製機，一個人在這個機器的入口處被瞬間的毀滅掉，而在出口處，與這個原型人的肉體、意識完全相同的人又同時被複製出來。盎格認為這種機器複製出來的人，當然和原型人不具有人格同一性，而只是相似於原型人的另一個人，因為兩個人的「肉體延續性」中斷了。在這個思想實驗中，「肉體的延續」似乎又是人格同一的條件。若是如此，我們究竟應該以「意識」還是「肉體的延續」作為人格同一的條件呢？顯然問題並沒有獲得解決。

內格爾 (Thomas Nagel, 1937–)

1937 年出生於前南斯拉夫，現為美國紐約大學 (New York University) 哲學與法律教授。內格爾專研的哲學領域為心靈哲學、政治哲學以及倫理學，並關心哲學問題中「主觀」(subjective) 與「客觀」(objective) 之爭。在 1974 年，內格爾發表了著名的〈作為一隻蝙蝠會是什麼樣子?〉(What Is It Like to Be a Bat?) 一文，以批評心靈哲學的化約論 (reductionism) 主張。內格爾主張: 我們的意識 (consciousness) 與主觀經驗，並不能化約成大腦的活動。

盎格 (Peter Unger, 1942–)

美國紐約大學教授，是當代美國哲學家，在著名英國哲學家艾耶爾 (A. J. Ayer) 的指導下，畢業於英國牛津大學 (Oxford University)。盎格研究的領域為形上學、知識論、倫理學以及心靈哲學，曾撰文為哲學的懷疑論辯護，並主張很多哲學問題都不可能有確定的答案。

威廉斯 (Bernard Williams, 1929–2003)

當代英國哲學家，而且是 20 世紀下半葉西方倫理學領域中最重要的哲學家之一。威廉斯在倫理學上的貢獻，是對功利主義和倫理學中的康德主義的批評，並指出：如功利主義和康德主義此等系統式、抽象的道德理論，根本就無法指導我們具體的日常道德生活。威廉斯對功利主義最著名的批評，是以吉姆 (Jim) 為主角的思想實驗：吉姆是一位赴南美進行科學研究的科學家，在當地巧遇 20 位反抗暴政的印第安人即將遭到處決。行刑隊長見吉姆出現，便給吉姆一個道德兩難的抉擇——如果吉姆願意處決其中一人，則其餘 19 人便會無罪釋放；如果吉姆不願意，則 20 人便會依計畫處決。功利主義會傾向認為吉姆應該殺一人救 19 人。可是威廉斯指出：「一個人被我殺害」以及「一個人因為我的作為而遭他人殺害」之間，在道德上具有重要的差別，可是功利主義卻把兩件事混為一談了，因此才會主張應該殺一人救 19 人。

畢達哥拉斯（Pythagoras of Samos，約 560–480 B.C.）

古希臘著名哲學家。對於我們現在稱為純數學的學科，畢達哥拉斯曾有重要的發現。此外，畢達哥拉斯也創立了一種宇宙起源論，在這一理論中，「數」起著重要的作用。

赫拉克利圖 (Heraclitus, 535–475 B.C.)

　　古希臘哲學家，認為「火」既是構成萬物的根本物質，也是萬物生成變化之理。赫拉克利圖曾謂「當我第二次把腳踏入同一條河流時，它就已經不是剛才那條河流了」，藉此指出一切都在生成變化之中。

洛克 (John Locke, 1632–1704)

　　著名的英國經驗論哲學家，而且是反對以笛卡兒為首的大陸理性論的主張的代表人物之一。笛卡兒等大陸理性論者主張：唯有理性能提供我們知識。對此，洛克表示反對，並主張「心靈如白板」(tabula rasa)，而經驗則為心靈提供了思想內容。換言之，洛克認為我們必須拋棄笛卡兒等大陸理性論者所主張的「與生俱來的觀念」，而堅持知識必須嚴格的置於經驗基礎之上。

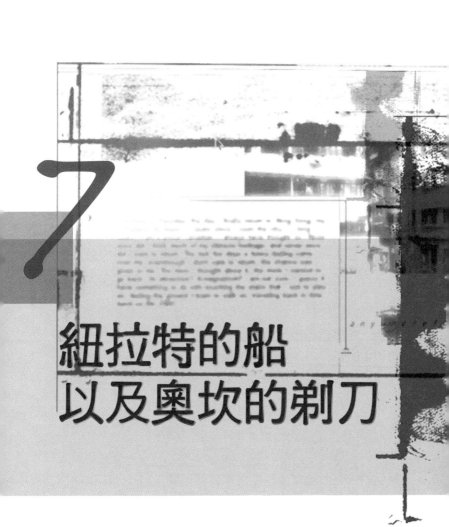

7

紐拉特的船
以及奧坎的剃刀

1

正當達力又開始恍神時，他突然又打了一個噴嚏。「天啊！鼻子過敏的老毛病又發作了。一定是要變天了！」達力不由得跟天氣抗議道。說也奇怪！在此同時，他的耳邊又突然出現了謙爾的聲音。「其實這個問題不只可以適用在人的身上。」

「咦？是誰？」雖然達力馬上就認出了這是謙爾的聲音，不過他還是出於反射動作，禮貌的問了一下。在此同時，他發現吉米竟然不知道什麼時候早已離開了！

「吉米什麼時候離開的呢？」就在謙爾像從神燈裡冒出來、突然出現在達力面前時，達力劈頭就這麼問了謙爾：「為什麼每當你一出現，我的好朋友吉米總是不在場？你們兩人為什麼總是碰不到面呢？難怪他要大大的質疑你的存在呀！」

只見怪老頭微笑著看著達力，不說一句話。

在此同時，達力猛然發現：只要他因為鼻子過敏而打了噴嚏，謙爾就會突然出現，而吉米和謙爾總是碰不到面！打噴嚏、吉米和謙爾之間，難道有著奇妙的聯結？

2

「說出來你可不要嚇了一大跳才好！」謙爾說道：「其實你是對『實在』過敏，這也就是你會打噴嚏的原因呀！」

「啊！你在胡說些什麼？」達力不由得抗議道：「為什麼我

不是對你的胡扯過敏呢？所以每當你一出現，我就會不由得打
噴嚏？」

不過對打噴嚏的病理，達力現在可是一點興趣也沒有！

「事實上，你那個叫作吉米的好朋友，根本就不是我們駭
客界的人。」不管達力的無禮，謨爾繼續說道。

「啊！這是什麼意思？」達力大叫道。

「我的意思是說：你那個叫作吉米的好朋友，根本就不存
在！」謨爾繼續說道：「換句話說，這個叫作吉米的人，只存在
於安塞倫主機之中。他是一個道道地地的軟體人——我們駭客
界的人都習慣這樣稱呼像吉米這樣的人。」

「什麼軟體人？他可是我的好朋友呢！你到底在胡說些什
麼？」達力大聲抗議道，好像這樣就可以幫好朋友爭取到「應有
的存在地位」一樣：「他可是我從小就認識、一起長大的好朋友
呢！」

「在安塞倫主機中的一切，都是電腦模擬出來的，在駭客
界並不實際存在。」謨爾細心的向達力解釋道：「安塞倫主機中
的人並不真的存在，所以我們都稱他們為『軟體人』，因為他們
都是電腦軟體模擬出來的。這種軟體人腦袋裡想的，都是安塞
倫主機的邏輯，而嘴巴裡說出來的，則都是安塞倫主機的語言。
換句話說，你那個好朋友也不例外！」

聽到了這段話，達力實在是太驚訝了，以至於一句話都說
不出來了！

「你信也好，不信也罷。總之，這時候我不想跟你抬槓!」謨爾突然板起臉孔，嚴肅的說道:「事實上，我們還有正事要辦呢!」

「為了讓你暖暖身，就讓我們延續你剛才和吉米討論的話題吧!」謨爾繼續說道:「事實上，『人格同一』問題還可以推到所有事物上呢! 例如我們可以問: 判定同一張桌子、同一輛汽車、同一艘船的標準究竟是什麼呢?」

「這怎麼說呢?」達力疑惑的問道。在此同時，疑惑雖然一時部分的取代了對好朋友吉米的關心，可是一想到『人格同一』就是剛才和吉米抬槓的話題，達力不由得又深深懷念起吉米來了。「吉米是軟體人? 這實在是太令人難以置信了!」

如果能讓他選擇的話，他還寧願相信謨爾才是軟體人呢!

想到這裡，達力又開始恍神了! 謨爾和吉米，究竟誰的存在才可靠呢?

「自己對『實在』過敏?」頓時，達力心裡不斷出現許多問號。如果這個世界上所有人都像笛卡兒的惡魔一樣、聯合起來欺騙他的話，那麼好友吉米絕對會是那個唯一拒絕欺騙他的人!「所有人都聯合起來欺騙你? 想想看: 要是所有人都有份，那麼我絕對會是那個唯一沒份的人!」要是吉米在場，達力相信他一定會這樣說的!

頓時，對好友吉米的思念，就像是洪水潰堤一樣，湧上了達力的心頭。

「趕快出現吧！吉米，讓怪老頭謨爾見識一下你的存在是
不容質疑的吧！」達力在心裡吶喊，並不斷祈禱著吉米趕快出現。
可是一切還是紋風不動——這個世界並沒有因為自己的吶喊或
祈禱而多出了一個存在物。

空氣就這樣凝結了。

3

「讓我們這樣解釋好了。」不知過了多久，謨爾終於決定打
破沉默，繼續說道：「假設現在有個富翁紐拉特花錢請了造船場
幫他造了一艘船。三個月之後，船造好了，紐拉特決定把這艘
船命名為『紐拉特』。到這裡有沒有什麼問題？」

「很清楚呀！沒問題。」達力一方面回答道，另一方面還在
想著吉米。究竟應不應該相信這個怪老頭謨爾所說的話呢？

「『紐拉特』實在是造得太好了，所以富翁紐拉特非常喜歡。」
謨爾繼續說道：「不過船上的東西總有毀壞的一天。每當船上的
零件毀壞時，富翁紐拉特總是不惜巨資，請工人馬上換上新的
零件，並把換下來的舊零件放在倉庫中。不知不覺中『紐拉特』
就這樣陪了富翁紐拉特 20 年。而在這 20 年中，『紐拉特』的所
有組成部分，竟也全部都換過了新的零件。換句話說，在 20 年
後，『紐拉特』的所有組成部分，早已不是 20 年前剛命名下水
的『紐拉特』的零件了——這些零件早就陸陸續續被換下來，
而全部放在倉庫裡了。」

「所以呢?」達力不解的問道:「這又有什麼問題呢?」真希望這個怪老頭才是個軟體人!

「問題可大呢!」謨爾說道:「我們現在可以問:20 年後的這艘船,為什麼可以稱為『紐拉特』呢? 顯然 20 年後組成『紐拉特』的所有部分,根本就和 20 年前組成『紐拉特』的所有部分完全不同。既然如此,我們為什麼又會認為 20 年後的這艘船還是『紐拉特』呢?」

「既然你不喜歡 20 年後的這艘船叫作『紐拉特』,那麼為何不乾脆把倉庫裡的零件所組成的船叫作『紐拉特』,而把 20 年後的這艘船用別的名字稱呼,這樣不就解決問題了?」因為心裡掛念著吉米,看來達力還是沒有進入狀況,所以不禁這樣隨口問道。

「這就是整件事情最奇怪的地方呀!」謨爾說道:「現在讓我們再繼續發展這個故事:假定富翁紐拉特很喜歡幫助年輕人。這時候有位年輕人很喜歡航海,不過卻沒什麼錢可以圓夢,更不用說擁有一艘自己的船了。富翁紐拉特知道了年輕人的處境之後,決定把 20 年來從『紐拉特』換下來、放在倉庫裡的零件全部送給年輕人。年輕人在感激之餘,也利用這些零件順利的組成了一艘船,並把它命名為『蒯因』,而乘著『蒯因』環遊世界去了。照你剛才的說法,年輕人所組成的這艘船不是應該叫作『紐拉特』嗎? 為什麼可以叫作『蒯因』呢?」

「這的確很奇怪。」達力終於漸漸明白了問題所在:「我們

會傾向於認為：原來的船雖然換了所有的零件，可是卻還是和20年前的船是同一艘船，所以可以繼續叫作『紐拉特』；相較之下，雖然年輕人所組成的船是用原來『紐拉特』的零件所構成的，可是我們卻會把它當作另一艘新船看待，所以這艘新船當然可以稱作『蒯因』。」

「可是這又是為什麼呢?」謨爾問道。

這時謨爾和達力雙雙陷入了沉思之中，因為整件事情實在是太奇怪了。

4

「更怪的還在後頭呢!」謨爾終於打破了沉默，繼續說道：「從剛才的例子中，我們會以為：換了所有的零件的船才可以繼續叫作『紐拉特』，而用原來『紐拉特』的零件所構成的船，則必須當作另一艘新船看待，而稱為『蒯因』。」

「所以呢?」達力問道。

「可是事情又沒有這麼單純呀! 有時候我們又會認為：用原來的零件所構成的東西，必須當作原來的東西看待才行! 可是我們卻又說不出什麼道理來，你說這奇怪不奇怪?」

「能不能舉例一下呢? 我還是不太懂你的意思。」達力好奇的問道。此時，達力竟然完全陷入了謨爾的問題之中，而暫時忘了吉米的事了。原來好奇心除了可以殺死一隻貓之外，還可以扼殺一個人對好朋友的掛念?

「好吧！讓我們再說個故事好了！」謨爾繼續說道：「假設富翁紐拉特對機械很有興趣，平常總喜歡拆解東西，以便研究其中的機械構造。這時候，他剛好又買進了一艘新船，名叫『維根斯坦』。由於『維根斯坦』是新一代的船，各種性能都屬一流，所以富翁紐拉特在讚賞之餘，決定雇用工人在後院仔細拆解『維根斯坦』，以便研究它的機械構造。」

「所以呢？」達力問道。

「現在問題又來了！」謨爾繼續說道：「我問你：如果我們把放在後院的零件重新組合起來，請問這艘船應該叫作『維根斯坦』，還是應該把它當作另一艘船看待呢？」

「我想應該把它叫作『維根斯坦』吧！」達力回答道。

「可是這又是為什麼呢？」謨爾問道：「有時候我們會認為：用原來的零件所構成的東西，必須當作另外的東西看待，而有時候我們又會認為：用原來的零件所構成的東西，卻又應該當作原來的東西看待才行！可是什麼時候應該這樣看待，而什麼時候又應該那樣看待呢？」

這時候兩人又不約而同的陷入一陣沉默之中，因為這個問題實在是太詭異了！說到看待事物的方式，達力記得以前上美術課時，老師就曾經說過：19世紀末、20世紀初期以莫內為首的法國印象派畫家，就是主張以不同的方式看待世界而留名於世呀！

5

「好吧！反正這個問題也很難有個令人滿意的解答，所以我們的討論就到此為止吧！怎樣？作完暖身訓練的感覺不錯吧？」謨爾終於又打破了沉默，繼續說道：「讓我們言歸正傳吧！我現在要教你如何駁斥安塞倫主機的語言所作出的邏輯推論。這樣一來，萬一你被安塞倫主機的護法逮捕、上了安塞倫主機的法庭之後，也許還可以靠這個為自己辯護而保住一條命呢！」

「好吧，別賣關子了！趕快告訴我怎麼保住小命吧，畢竟小命只有一條呢！」達力這時候突然憂心忡忡了起來。

「用安塞倫主機的語言作邏輯推論，會讓我們傾向於認為：外在世界根本就不存在，一切只不過是我的幻想而已。相較之下，用駭客界的語言作邏輯推論，則會讓我們傾向於認為：『相信』外在世界存在，事實上是最好的策略。是不是這樣呀？」謨爾問道。

「是的，這些問題我們上次都已經討論過了。」達力說道。

「我們上次不是還說過：用安塞倫主機的語言作邏輯推論的人，根本就不能由此推出『外在世界根本就不存在；一切只不過是我的幻想而已』這個結論，是不是呀？」謨爾繼續問道。

「是的！」達力回應道。

「可是問題還沒結束呢！用安塞倫主機的語言作邏輯推論的人會堅持說：我們只能『相信』外在世界存在，而不能『發

現』外在世界存在。」譿爾繼續說道:「所以請注意! 有些用安塞倫主機的語言作邏輯推論的人, 還可能會繼續推出下面這個結論: 外在世界根本就不可能獨立於我而存在!」

「這我就不懂了!」達力似乎漸漸掌握了譿爾的意思了, 所以一針見血的問道:「為什麼用安塞倫主機的語言作邏輯推論的人, 並不認為『相信』外在世界存在, 是一個最好的策略呢? 換句話說, 用駭客界語言的人, 為什麼總是無法說服他們呢?」

「你這個問題問得真好!」譿爾誇獎達力道:「為了確實明白我們總是無法說服他們的根本原因, 就不得不介紹一下用安塞倫主機的語言作邏輯推論的人, 背後其實有一套邏輯必殺技在運作著。我稱這套邏輯必殺技為奧坎剃刀。」

「什麼是『奧坎剃刀』?」達力好奇的問道。

「所謂『奧坎剃刀』是說: 除非必要, 否則存在物根本不需增多。」譿爾回應道。

「啊! 這是什麼意思呢?」達力不解的問道。

「讓我這樣解釋好了。」譿爾一面指著手腕上的手錶, 一面繼續問道:「請問這只手錶為什麼會動呢?」

「那還不簡單! 因為手錶裡面有很多齒輪、彈簧以及機械呀!」達力一面回應道, 一面心裡不禁懷疑道:「這算什麼問題呢?」

「很好!」譿爾看出了達力的心思, 於是繼續問道:「假定現在有甲、乙兩個人要解釋手錶為什麼會動。甲的解釋是『手

錶裡面有很多齒輪、彈簧以及機械』」，而乙的解釋則是『手錶裡面有很多齒輪、彈簧以及機械，而且手錶裡面還住著一個靈魂』。請問哪一個解釋比較好呢？」

「當然是甲的解釋比較好呀！」達力不假思索的回應道。

「為什麼呢？」謨爾問道。

「這還不簡單！因為甲只用機械的運作就解釋了『手錶為什麼會動』這個問題，所以簡單俐落；相較之下，乙除了用機械的運作來解釋手錶的運動之外，還加上了靈魂來解釋，這顯然是多此一舉！」

「所以你的意思是說：根本不需要『靈魂』就能解釋手錶的運動？」謨爾問道。

「是的！」達力斬釘截鐵的回應道。

「所以我們當然可以把這種解釋拋到九霄雲外，不用去理會它，是不是呀？」謨爾問道。

「沒錯，講得真好！」達力回答道。

「這樣看來，你總算是明白了『奧坎剃刀』了。」謨爾繼續說道：「同樣的道理，在面對我們這些用駭客界語言作邏輯推論的人的時候，用安塞倫主機的語言作邏輯推論的人，就會用『奧坎剃刀』這個必殺技而主張：假設外在世界存在，根本不能多解釋任何東西，所以最好的策略，根本就不是『假設外在世界存在』，反而是取消這個假設，而把它拋到九霄雲外去。因為就如同奧坎所說：存在物不需增多。」

「啊！怎麼會這樣？」達力大叫道：「那可怎麼辦才好？我們相信的外在世界，難道這麼簡單就被『奧坎剃刀』剃得一點都不剩了嗎？」

「這個『奧坎剃刀』可是很銳利的！所以恐怕連上帝都救不了外在世界的存在了！」謨爾說道：「事實上，在面對『奧坎剃刀』時，恐怕連上帝都泥菩薩過江、自身難保了，因為連自己的存在都快被剃得一點都不剩了呢！」

這時候達力憂心忡忡的看著謨爾，不知道該怎麼辦才好。想不到這個「奧坎剃刀」竟然這麼厲害！

「你千萬要注意！」謨爾繼續警告達力道：「如果有一天你站在安塞倫主機的法庭上時，這可是安塞倫主機的護法以及首領袁魯爺最厲害的武器之一呢！很少人能招架得住的。」

「那可怎麼辦才好？難道我們就要因為招架不住『奧坎剃刀』而要被『解消實在』嗎？」這時候，達力再也隱藏不住內心的憂慮了。

「這恐怕是我們難逃的命運呀！」這時候，謨爾看著灰濛濛的天空，眼神中也不禁顯出憂慮來了。

6

「難道就沒有辦法嗎？」達力還是不甘心就這樣未戰先降，於是繼續問道：「壯如阿基里斯，都有致命的腳踝。難道『奧坎剃刀』就沒有任何弱點嗎？」

「看來恐怕是沒有！」謨爾沉默了一會兒，繼續說道：「不過，說到『奧坎剃刀』的弱點，也許有一種辦法還可以試試看。」

「什麼辦法呢？」達力突然興奮的問道。

「那就是盡量避開它！」謨爾回答道：「換句話說，在面對安塞倫主機的護法以及首領袁魯爺的時候，你千萬不要讓他們有任何機會可以使用『奧坎剃刀』這個致命的武器！否則就 game over 了。」

「什麼？這算什麼回答？」達力不禁抗議道。這個答案實在是令人太失望了！

「不管這麼多了！現在讓我們趕快言歸正傳吧！我剛才不是說過：有些用安塞倫主機的語言作邏輯推論的人，還可能會推出下面這個結論：外在世界根本就不可能獨立於我而存在！」謨爾問道：「是不是這樣呀？」

「是的！」達力回應道。

「我現在要教你怎麼駁斥這個主張。」謨爾繼續說道：「安塞倫主機的護法以及首領袁魯爺在面對這種駁斥方法時，我想應該不容易招架得住才是！而且更重要的是：在面對這種駁斥方法時，他們還很難用得上『奧坎剃刀』呢！」

「請趕快告訴我吧！」達力這時突然求知若渴了起來。

「好吧！」謨爾清了清喉嚨，繼續問道：「請問：當用安塞倫主機的語言作邏輯推論的人，說外在世界根本就不可能獨立於我而存在時，他們確實的意思究竟是什麼呢？」

「我想他們的意思是說：如果我們沒有知覺到外在世界，那麼根本就不能肯定外在世界真的存在。」達力試著回答這個難題，回答後還是不確定自己是否給了正確的答案，於是又小聲的問了問謨爾：「是不是這樣呀?」

「大概是這樣沒錯!」謨爾說道：「不過這個答案還可以再發揮演繹一番——事實上，這就是用安塞倫主機的語言作邏輯推論的人接下來所做的事情。」

「願聞其詳!」達力恭敬的說道。

「如果外在世界只有在我們知覺到它之後，才能說存在，那麼我們就可以說：外在世界的存在，事實上是我們的知覺所賦予的；沒有知覺，外在世界根本就不存在。」

「所以呢?」達力好奇的問道。

「接下來問題就來了!」謨爾說道：「在某種意義上，我們的知覺是一種精神性的東西，不像物質性的東西，是不是這樣呀?」

「什麼是『精神性』的東西，什麼又是『物質性』的東西?」達力問道。

「這個問題問得好!」謨爾說道：「當我說我們的知覺（例如冷、熱等感覺）是一種『精神性』的東西，我是指知覺並不占有特定空間，而且還是主觀、因人而異的，是不是呀?」

「這我瞭解!」達力說道。

「相較之下，當我說某個東西（例如桌子）是一種『物質

性』的東西時，我是指這個東西占有特定空間，而且不同的人
都可以同時觀察這樣的東西。」這時謨爾停頓了一下，看了看達
力，繼續說道：「所以囉！顯然我們的知覺是屬於『精神性』的
東西。」

「這樣說好像沒錯！」達力回應道。

「如果是這樣的話，」謨爾說道：「那麼我們是不是就可以
這樣推論：外在世界的存在，事實上是我們的知覺所賦予的；
而我們的知覺又是一種屬於『精神性』的東西；所以，外在世
界的存在，事實上是一種屬於『精神性』的東西！」

「哇！怎麼會這樣呢？」達力不由得大叫了起來：「外在世
界難道不應該是屬於『物質性』的東西才對嗎？」

「這就是用安塞倫主機的語言作邏輯推論的人會推出的結
論。」謨爾說道：「所以整個推論究竟是哪裡出了問題呢？」

7

「我只能說：我剛才還一直呆呆的隨著你的推論而點頭。」
達力說道：「不過我必須要說我現在可是後悔得很，而且我實在
看不出來這個推論究竟是哪裡出了問題！」

「如果你看不出來，那麼你就等著被『解消實在』了！」謨
爾警告達力道。

「好吧！讓我們這樣說好了。」就在達力還是六神無主的時
候，謨爾繼續說道：「當用安塞倫主機的語言作邏輯推論的人說

『凡是實在的都必然在某種意義上是精神的』的時候，他們究竟是什麼意思呢？」

「天知道他們究竟是什麼意思！」達力突然不耐煩了起來，繼續抗議道：「我們為什麼要關心這種顯然荒謬的主張呢？」

「為什麼荒謬呢？你倒是說說看！」這時謨爾露出洗耳恭聽的模樣。

「這很簡單呀！毫無疑問，就常識的觀點而言，例如桌子、椅子、太陽、月亮等東西，當然是屬於『物質性』的東西；而凡是屬於『物質性』的東西，就一定和屬於『精神性』的東西非常不同！」不等謨爾回應，達力繼續解釋道：「為什麼不同呢？不管知覺事物的心靈存不存在，『物質性』的東西一定都一直存在著！早在任何心靈存在之前，物質就已經存在了！所以我們實在很難想像物質只是精神活動的一種產物而已！」

「可是我們不能僅僅因為某個主張和常識有所衝突，就一口咬定這個主張一定不能成立。」謨爾沉默了片刻，終於回應道：「畢竟你剛才可是一直同意著安塞倫主機語言的邏輯推論，不是嗎？你總不能等到他們推出了結論，而這個結論又是你完全無法接受的，然後才突然反悔吧？」

這時候，只見達力呆呆的站在那裡，啞口無言。

「首先，你得承認：我們的五官所直接感受到的東西——例如冷、熱等感覺——一定是依賴我們才能存在，是不是？」謨爾繼續問道：「所以我們的五官所直接感受到的東西一定是在心

靈之『內』，是不是呀?」

「到這裡好像沒什麼不對。」達力小心翼翼的回應道。

「用安塞倫主機的語言作邏輯推論的人會說：當我們知覺到一棵樹的時候，我們所直接認識的，只能是五官所直接感受到的東西而已。關於這棵樹，除了被我們的五官所直接感受到的東西之外，再也沒有什麼別的東西了!」謨爾繼續說道：「所以他們繼續推論道：因為任何被我們的五官所直接感受到的東西，都必然是屬於心靈或『精神』的，所以離開了心靈，外在世界便一無所有!」

這時候達力眼睜睜的看著謨爾，說不出話來。

「其實這個論證有相當多的錯誤呀!」謨爾繼續說道：「首先，我們認為五官所直接感受到的東西，根本是屬於『心靈』內的某種東西。所以，當用安塞倫主機的語言作邏輯推論的人告訴我們說：一棵樹完全是由五官所直接感受到的東西所組成的時候，我們自然就會假定：這棵樹就必然完全存在於心靈之內。」

「是呀! 這就是整個論證最奇怪的地方!」達力終於有話可說了，所以趕緊回應道。

「可是『存在於心靈之內』這個說法，其實是非常含糊的。當我們說心裡有一個人的時候，我們的意思並不是說這個人是住在我們的心裡，而是說我們在心裡想到他。」謨爾繼續說道：「所以當用安塞倫主機的語言作邏輯推論的人說『當我們知覺

到這棵樹時，這棵樹就必然在我們的心裡』的時候，他們真正的意思，其實只是『對於這棵樹的知覺，必然存在於我們的心靈之內』而已。」

「對呀！」達力終於瞭解了，於是趕緊附和道：「如果要主張『這棵樹本身必然在我們的心靈之內』，就像是要主張『我們心裡所懷念的某個人，本人就住在我們的心靈之內』一樣，這實在是太離譜了！」

8

不過勝利的喜悅並沒有持續太久。而且更令人擔心的，是這種喜悅還很可能只不過是自欺欺人而已！「現在還有一個難題等著我們解決。」謨爾說道。

「哇！難道沒完沒了嗎？」達力大叫道。

「用安塞倫主機的語言作邏輯推論的人會說：對於我們所不知道或無法知覺到的事物，我們永遠無法知道它們究竟存不存在！」謨爾說道。

「這真像是繞口令呀！」達力想了一下，然後說道：「不過我想我懂這是什麼意思——只要給我一點時間。」

「所以囉！」謨爾繼續說道：「如果物質根本是某種我們所無法知覺到的東西，那麼它就是一種我們不確定它是否存在的東西了。既然如此，物質是否存在，就一點也不重要了！換句話說，物質如果不是由心靈或五官所直接感受到的東西所組成

的，就是一點也不重要，而且可能只不過是像海市蜃樓般的幻覺而已！」

「等等！這個推論好像有問題吧?」達力好像突然開竅了一樣。

「好呀！這個推論有什麼問題呢?」讚爾微笑著看著達力，並問道。

「我們不知道或無法知覺到很多事物，可是我們卻可以確定它們的確存在呀！」達力說道：「例如說：我們無緣認識俄國皇帝，可是我們卻可以確定俄國皇帝的確曾經存在。不是嗎?」

「好啊！你還真有兩把刷子！」讚爾不禁稱讚起達力來了：「你不僅成功的避開了『奧坎剃刀』這個致命的邏輯必殺技，而且還朝安塞倫主機的護法以及首領袁魯爺的阿基里斯腳踝狠狠的踹了一下！看來安塞倫主機的護法以及首領袁魯爺好像也沒有想像中這麼厲害呢！也許我是多慮了。」

9

不過說時遲那時快。就在讚爾和達力兩人沉浸在短暫的喜悅之中時，安塞倫主機的左右護法突然從陰暗的角落裡冒出來，出現在兩人面前。

「快逃呀！」讚爾一邊呼喊，示意達力趕快逃命，一邊拿出了那支可以成功干擾安塞倫主機電波的黑色恐龍手機。不料，等到讚爾打開手機電源時，發現竟然已經快沒電了，看來只能

保護一個人而已。

「這可怎麼辦才好?」譔爾心想。眼看著左右護法一步步逼近,現在可沒有時間考慮再三了!最後,譔爾竟決定捨身救人,於是索性趕快把手機丟給了達力。

達力一手就趕快抓住了這支快沒電的黑色恐龍手機。就在抓住手機的同時,一層堅固的保護罩牢牢的罩住了達力,雖然使得左右護法不敢越雷池一步,卻見他們口中唸唸有詞,不斷喊著:「解消實在! 解消實在!」並把譔爾牢牢架住。

「你可是惡名昭彰的譔爾? 對!」左護法撲朔問道。

「什麼對不對? 我根本就沒有問你任何問題呀! 而且你也不能替我回答問題呀!」譔爾抗議道。

「不跟你囉唆了!反正你得跟我們回去安塞倫主機中,對!」左護法撲朔說道。

「你在說什麼呀? 我根本就沒有問你任何問題!」這時候,譔爾已經被左護法撲朔惹惱了。

「看著我的眼睛!」這時候,右護法迷離命令道。

說也奇怪,當右護法迷離命令譔爾看著他的眼睛的時候,譔爾竟然毫不抵抗,乖乖的照著做了!

關於安塞倫主機左、右護法的傳言,原來都是真的!

「是的! 是的! 根本就沒有『物質』這種東西。被知覺到的東西才存在,不被知覺到的東西,根本就不存在!」想不到譔爾口裡竟然說出了這樣的話來! 這時候,譔爾大概已經把自己

的存在忘得一乾二淨了吧！這想必都是右護法迷離的傑作!

　　眼看著安塞倫主機的左右護法，就要把謨爾抓進去安塞倫主機之中，並等候執行「解消實在的餘燼」這個極刑了!

　　「趕快來救我!」這時候，謨爾突然恢復了片刻的清醒，並趁機發出了淒厲的聲音，劃破了凝結的空氣，直上雲霄:「千萬要記得我教過你的十八般武藝呀! 我們駭客界就靠你了!」

進階閱讀

在這一章中，謨爾進一步教導達力如何駁斥安塞倫主機語言的邏輯（即「唯心論」或是第五章所介紹的「反實在論」），以便作為與袁魯爺辯論時的有力武器。然而不幸的是：在此之後，謨爾即為安塞倫集團護法所逮捕，並在安塞倫主機中等候「解消實在的餘燼」此一極刑的執行。

本章討論兩個主題。第一個主題是延續第六章的「人格同一」問題，並把它推展到所有事物之上——事實上，我們大可以問：什麼是同一個事物的判準？第二個主題則是介紹著名的奧坎剃刀 (Ockham's razor) 原理，以便進一步明瞭「唯心論」或是「反實在論」背後的邏輯。

讓我們首先介紹第一個主題。我們可以問：判定同一張桌子、同一輛汽車、同一艘船的判準究竟是什麼呢？從這一章所討論的「紐拉特」的例子中，我們也許會以為：換了所有的零件的船才可以繼續叫作「紐拉特」，而用原來「紐拉特」的零件所構成的船，則必須當作另一艘新船看待。可是有時候卻又不是如此——有時候我們又會認為：用原來的零件所構成的東西，必須當作原來的東西看待才行！例如張三買進了一輛法拉利跑車，並把這輛跑車拆解，以便研究其中的機械構造。在研究完其機械構造之後，張三又成功的把零件重新組合起來。這時候，

我們又會傾向於認為：組合後的汽車，當然就是原先的法拉利跑車。可是這又是為什麼呢？

本章的第二個主題，是「奧坎剃刀」原理以及「唯心論」或是「反實在論」背後的邏輯。奧坎是 14 世紀的英格蘭哲學家；而「奧坎剃刀」原理則是主張：*除非必要，否則存在物根本不需增多。*(We should not multiply entities beyond necessity.)

事實上，「奧坎剃刀」原理正是許多哲學家主張唯心論背後的理由所在。所謂唯心論是主張：凡是實在的事物，都必然在某種意義上是屬於「精神性」的事物；而凡表現為物質的事物，其實都是某種精神的東西。

如我們曾經在第三章的進階閱讀中所述，柏克萊是主張唯心論的西方哲學家之一。依柏克萊的主張，所謂的「實在」，必定是在心靈之內、屬於「精神性」的事物；而所謂的「物質」，當然也是在心靈之內、屬於「精神性」的事物。事實上，柏克萊等唯心論者或反實在論者反對「物質」的另一個常見的理由如下：對於我們所不知道的事物，我們永遠無法知道它們是否真的存在。在唯心論者或反實在論者看來，「物質」便正好是我們永遠無法知道的事物，因此我們當然永遠無法知道「物質」是否真的存在。在此，唯心論者或反實在論者更會援引「奧坎剃刀」原理，而主張把「物質」此一假設剃除，因為「物質」如果不是由心靈所組成的，它便是不可能存在的幻覺而已。這其實是唯心論者或反實在論者反對「物質」背後的理由之一。

奧坎 (William of Ockham, 1285–1347)

14 世紀的著名唯名論者，大約在西元 1315 年至 1323 年此一時期，曾於牛津大學任教。奧坎在哲學上的重要性，主要是由於「奧坎剃刀」原則。依「奧坎剃刀」原則，除非必要，否則存在物不需增多。不過值得注意的是：事實上，我們在奧坎的著作中，並未真的發現「除非必要，否則存在物不需增多」這句話。

莫內 (Claude Monet, 1840–1926)

法國印象派主要畫家，印象派繪畫運動的領袖人物。印象派誕生於 19 世紀 60 年代的法國。印象派畫家反對因循守舊的傳統創作觀念，認為作品的主題並不重要，重要的是純粹的視覺感受。為此，印象派畫家強調對客觀事物的感覺和印象，並把注意的焦點放在色彩與光線的表達上，根據觀察和直接感受來表現微妙的色彩變化，以便描繪出自然的剎那景象。印象派對現代美術產生了極大的影響。

8

雙語人

1

現在，達力為了營救謨爾，必須冒險潛入安塞倫主機裡。

依據安塞倫集團所頒布的刑法第 235 條，謨爾可是犯了「實在的餘燼」這一重罪！凡是被控以「實在的餘燼」罪名的人，被捕後會被處以「解消實在的餘燼」此一極刑！

那麼，要怎樣才能把謨爾營救出來呢？還是有辦法的！依據安塞倫集團所頒布的刑法第 238 條，要使得被控以「實在的餘燼」罪名的人無罪開釋，必須有人在安塞倫主機的法庭上和首領袁魯爺展開哲學辯論，而且還必須成功駁倒袁魯爺才行！

換句話說，達力如果要成功的把謨爾營救出來，就必須要在安塞倫主機的法庭上成功駁倒袁魯爺！而這可是超級艱難的任務！

不過，一想到要駁倒袁魯爺，達力又不由得恍神了起來：「安塞倫主機裡的『人』和駭客界的人，究竟誰才是誰的摹本呢？」想到這裡，達力不由得又頭痛了起來！

2

提到安塞倫主機，就不能不再一次提到故事發生的地方：賽琦一514 城。賽琦一514 城實在是一座平淡無奇的城市，而安塞倫主機則是賽琦一514 城的心臟。這個巨大的電腦主機由灰墩墩的巨大建築物包裹著，大門上方則大剌剌的刻著三個字：

「安塞倫」，下方則緊接著一串箴言：「存在就是被網路知覺」。
安塞倫主機所建構的網路，不僅給了居民一切、取代了一切，
而且還使得死亡變得不可能了。因為賽琦－514 城裡的居民，每
個人都已經在出生的時候，把自己的靈魂上傳到安塞倫主機之
中了——套用袁魯爺的名言，這就是所謂的「靈魂數位化」！

在靈魂數位化的時代洪流中，肉體的存在是非常沒有必要
的，所以可以儘管用我們之前提過的「奧坎剃刀」加以剃除。
怎麼用「奧坎剃刀」剃除肉體呢？當然是靠「解消實在的餘燼」
來執行了！所謂「解消實在的餘燼」，是指「揚棄」原來的肉體
——也就是把靈魂上傳到安塞倫主機之中，並把已經沒有知覺
和靈魂的肉體丟棄在駭客界。不過，在出生的時候用「奧坎剃
刀」來剃除肉體，是不需要援引安塞倫集團所頒布的刑法第 235
條的。

或者可以這樣說：既然每個賽琦－514 城居民生來都不免
有個累贅的肉體，所以在安塞倫集團看來，每個居民其實都曾
經犯了「實在的餘燼」這一重罪！這其實可以說是一種原罪。

至於靈魂方面，則儘管放心的交給安塞倫主機，便可得到
最好的滋養和教育。

換句話說，由於靈魂全部都無條件的交給了安塞倫主機，
因此賽琦－514 城裡的居民打從出生的那一刻開始，全部都是
說著安塞倫主機的語言，而且也都用安塞倫主機的語言進行邏
輯推論。至於日常生活的一切活動，則完全都是在網路上進行

的。對賽琦—514 城的居民而言，網路就是生活。

　　現在讓我們來談談賽琦—514 城外的世界——也就是駭客界——的景象吧！可以這樣說：城裡、城外最大的差別，就在於肉體的有無而已。賽琦—514 城的居民是上傳靈魂成功的人，所以沒有肉體；至於駭客界則充滿著賽琦—514 城居民所丟棄的、沒有知覺和靈魂的肉體。所以可以這樣說：這是一個沒有人類靈魂的世界！

　　在這個沒有人類靈魂的駭客界中，肉體視而不見，聽而不聞，如同夢遊之人，在大地上漫無目的的遊蕩著。對於如何利用萬物，這些肉體一無所知。他們就如同忙碌的螞蟻，居住在不見天日的地洞裡。

　　如果在駭客界中，竟然還能發現少數具有靈魂的人，那麼這些人肯定是上傳靈魂失敗的人，所以還拖著累贅的肉體四處晃著。達力和讚爾就是這些碩果僅存的人之一了。

　　那麼，在安塞倫主機重重鋼板之內的世界，又是什麼景象呢？我們實在可以用「光怪陸離」四個字來形容！在安塞倫主機裡，人們可以隨意分裂、融合而成不同的人，並隨意賦予自己不同的 ID。套用安塞倫主機裡的人的口頭禪：「想叫什麼名字，就叫什麼名字！」。在安塞倫主機裡，沒有 ID 就等於沒有身分地位。不過，一旦有了 ID，也並不表示就因此知道自己究竟是誰。

　　所以，一旦潛入安塞倫主機裡，達力就非常有可能忘了自

己究竟是誰了！而且，一旦回不了駭客界，達力留在駭客界的
肉體，還很可能永遠被「揚棄」了。這是必須非常注意的事情。

3

現在讓我們來談談袁魯爺吧！袁魯爺是道道地地生活在安
塞倫主機裡的首領。說到袁魯爺的拿手絕活，就不能不提到他
的三個法寶：奧坎剃刀、語意之河以及懷疑論邏輯。關於「奧
坎剃刀」，謨爾已經提醒達力必須嚴加提防了，因此達力應該會
想辦法避開才是。不過，如果袁魯爺使出「語意之河」或是「懷
疑論邏輯」這兩個拿手必殺技，那麼想避開都很困難。

什麼是「語意之河」呢？原來，袁魯爺不僅喜歡賣弄自己
對安塞倫主機語言與駭客界語言的知識，而且還喜歡宣稱自己
是「雙語人」。雙語人袁魯爺總是認為他可以隨意決定別人話語
的意義，而且別人還不能有任何異議。為什麼呢？據袁魯爺的
說法，別人既然不知道自己話語的意義，講出的話語也就根本
沒有任何意義可言。

怎麼會這樣呢？總而言之，袁魯爺背後總是有一套綿密的
邏輯在撐腰，一時間我們也說不出個所以然來。只好見招拆招
了！

那麼，什麼又是「懷疑論邏輯」呢？且讓我們拭目以待吧！

現在讓我們再把焦點轉回到達力身上。達力必須冒險潛入
安塞倫主機裡，才能營救謨爾。那麼，要怎樣進入安塞倫主機

裡呢？只要把謨爾被捕前交給達力的黑色恐龍手機關機，達力就自然解除了電磁波的保護了。這樣一來，不用等到一分鐘，安塞倫主機的左右護法，便會馬上出現了。

於是達力馬上就把黑色恐龍手機關機了。果然不出一分鐘，安塞倫主機的左右護法──撲朔和迷離，便馬上出現在眼前了。

「解消實在！解消實在！」安塞倫主機的左右護法撲朔和迷離口中念念有詞，朝著達力走來了。「看著我的眼睛！」右護法迷離命令達力道。頓時間，達力馬上就忘了自己的存在，而被安塞倫主機的左右護法逮捕，進入了安塞倫主機之中了。

4

剎那間，達力只見自己正穿越過一條四周充滿繽紛色彩的隧道。過不了多久，達力發現自己早已身在一個四周充滿電腦晶片與零件的不知名空間之中了。

「袁魯爺！你在哪裡？趕快現身吧，別再躲躲藏藏了！」達力突然氣憤了起來，朝著這個不知名的空間大叫道。聲音在此時劃破了死寂，並產生了巨大的回音。在大叫的同時，達力隱隱約約的知道：這裡應該就是鼎鼎大名的安塞倫主機吧！

「趕快把謨爾放出來！」達力大叫道。在此同時，達力四處張望著這座巨大的安塞倫主機。這時候，只見右邊角落有著一條管狀的入口。入口處上方有著一具巨大的風扇；至於入口的紅色大門上面，還大刺刺的印著一個大驚歎號以及一雙大腳丫，

並寫著「打倒實在：解消實在的入口」11 個反白的大字。

難道這就是惡名昭彰的入口——所有被判決「解消實在餘燼」的駭客界的人，最後都必經的地方？

正當達力還在領會安塞倫主機的邪惡之時，只見安塞倫主機的左右護法馬上箭步向前，一把抓住了略顯憤怒的達力，並怒斥道：「大膽狂徒！我們偉大的首領，難道是你可以直呼其名的嗎？」

「放開他吧！無知所產生的快樂，想必是世界上最大的了！」這時候，只見眾多電腦晶片與零件，環繞著一塊略微發黑的晶片。說也奇怪，這句話竟然就是從這塊晶片中所傳出來的！

原來袁魯爺竟然是一塊不起眼的 CPU！達力朝著這塊 CPU 晶片望去，只見上方還烙印著一串英文：My logic is undeniable! ◀

「你可知道這句英文是什麼意思嗎？」袁魯爺問道：「這句英文的意思是：我的邏輯不容否定！」不等達力會意過來，驕傲的袁魯爺竟然自問自答了起來！

「其實你什麼都不懂，因為你只是一塊 CPU 晶片而已！」達力語帶挑釁的說道。

「何以見得我什麼都不懂？就因為我只是一塊 CPU 晶片而已？」這時候，CPU 晶片上面突然浮現出一個虛擬的人形來，藉著燈光投射在 CPU 晶片上方。原來這就是袁魯爺的廬山真面目呀——或者應該這麼說：這是袁魯爺「虛擬」的廬山真面目！

「難道我現在的憤怒也是假的，就因為我只是一塊 CPU 晶

▶ 出自當代科幻小說大師艾西莫夫 (Isaac Asimov, 1920–1992) 的《我，機器人》(*I, Robot*) 短篇小說集。

片而已?」袁魯爺發怒的追問道。在此同時,虛擬的人形也會隨著發怒和聲音的高低而變換顏色。

「我不希望有朝一日我家裡的吸塵器竟然也有情緒、也會發怒。」達力嘲諷的說道:「你只是一塊 CPU 晶片而已,所以你既不可能懂得『我的邏輯不容否定』的意思,也不可能懂得什麼是憤怒!」

「你還是沒有說服我為什麼如此!你背後的推論究竟是什麼?」說罷,袁魯爺停頓了一下,突然收起了憤怒的情緒,同時不懷好意的從頭到腳打量了一下達力,然後說道:「撲朔和迷離說你是來救惡徒謨爾的?你知道我們的法庭規則吧?要想把謨爾成功的從安塞倫主機裡救出來,你必須和我進行哲學辯論,而且只要贏得一場就可以了。怎麼樣?很簡單吧?」

「聽起來不算太困難呀!」達力回答道。

「困難的地方還在後頭呢!」袁魯爺突然大笑道:「不過你最多只能和我進行三場哲學辯論!如果你連一場都贏不了,那麼連你自己也要被『解消實在』了,哈哈哈!」

這時候,達力不發一語的看著袁魯爺這塊 CPU 晶片,以及他那「虛擬」的廬山真面目。

「怎樣,我很仁慈吧?記得喔!只要贏一場,只要贏一場喔!不過你最多只有三次機會而已。哈哈哈!」袁魯爺再也掩藏不住自己的驕傲,笑得更惡劣了。看來,學哲學並不會使人變得更謙虛,反而會使人變得莫名其妙的驕傲起來。

　　5

　　「看來你是泥菩薩過江，自身難保了吧！」看著達力還是呆呆的站在那裡，不發一語，袁魯爺好像看穿了達力的心虛一樣，又胸有成竹的大笑了起來，同時還說道：「我最討厭『實在的餘燼』了！哈哈哈！」

　　這時候，達力不由得又看了一下右邊角落的管狀入口，還有入口紅色大門上面的「打倒實在：解消實在的入口」。看到這些刺眼的反白大字，還真是令人擔心！

　　「好吧！我的推論是這樣的。」達力這時故作鎮定，清了清喉嚨，終於繼續說道：「不過在說出我的推論之前，你得先說說看你的推論究竟是什麼才行！你憑什麼說自己懂得『我的邏輯不容否定』這句話的意思呢？」

　　「哈哈哈！」袁魯爺大笑道：「看來你根本就是在故意拖延時間！好吧，你可聽好我的推論了，因為我可不會再說第二次了！」

　　「我洗耳恭聽。」達力回應道。

　　「心靈是人腦所產生的，而電腦程式則是電腦硬體所產生的。」袁魯爺說道：「電腦程式的運作就像人腦的運作一樣，舉凡人類的行為或思想內容，電腦都可以模仿或產生。」

　　這時候，達力靜靜的看著袁魯爺，等著他說出最後的結論。

　　「換句話說，電腦程式在硬體之中的地位，就相當於心靈

在人類之中的地位。所以，擁有電腦程式就等於擁有心靈。」袁魯爺胸有成竹的解釋道：「換句話說，我雖然只是一塊 CPU 晶片而已，可是我卻和你一樣，也懂得『我的邏輯不容否定』這句話的意思！」

這時候，袁魯爺不懷好意的看著達力，並說道：「該你了，等著被解消的實在，哈哈哈！」

「好吧！讓我們從『我的邏輯不容否定』這句話開始討論好了。」沉默了片刻之後，達力終於說道：「『我的邏輯不容否定』這句話可以分成兩個層面：首先，這句話具有特定的外形；而當我們唸出這句話的時候，也會唸出特定的聲音來。是不是這樣呀？」

「是的！再正確不過了。」袁魯爺說道。

「假設我們有一天走在海邊的沙灘上，無意間看見一群螞蟻竟然走出『我的邏輯不容否定』這句話的外形，我們會不會說這群螞蟻懂得『我的邏輯不容否定』這句話的意義呢？」達力問道。

「這個問題可真是絕呀！」袁魯爺大笑道：「這群螞蟻當然不懂這句話的意義呀！」

「可見：一個人掌握了『我的邏輯不容否定』這句話的外形，並不見得就懂得這句話的意義。」達力繼續問道：「那麼，如果我們聽到了一隻鸚鵡說道：『我的邏輯不容否定！』請問這隻鸚鵡懂得這句話的意義嗎？」

「當然還是不懂呀!」這時候，袁魯爺已經開始不耐煩了起來。

「讓我們把『我的邏輯不容否定』這句話的形和音稱為語法層面好了。」達力繼續說道:「所以囉! 螞蟻和鸚鵡並不懂得『我的邏輯不容否定』這句話的意義，因為牠們最多只能掌握這句話的『語法層面』而已。如果是這樣的話，那麼一個人如果只掌握了這句話的形和音，我們會不會認為這個人瞭解這句話、懂得這句話的意義呢?」

「當然不會!」袁魯爺說道:「光是掌握了句子的形和音還不夠。我們還必須掌握句子的意義，這樣才能說瞭解了這句話的意義。否則我們就只是像螞蟻和鸚鵡一樣而已。」

「好極了!」達力大聲說道:「讓我們把『我的邏輯不容否定』這句話的意義稱為語意層面好了。換句話說，語言具有『語法層面』和『語意層面』;而只有當我們掌握了『語意層面』，我們才能算是瞭解了語言，是不是呀?」

「對極了!」袁魯爺說道。

「所以螞蟻和鸚鵡最多只能掌握語言的『語法層面』，而這並不能算是瞭解語言的意義;只有掌握了語言的『語意層面』，才能說是真正瞭解語言，是不是呀?」

「是的!」袁魯爺說道。

「現在我要證明: 其實你這塊 CPU 晶片，也只不過是像螞蟻和鸚鵡一樣，最多只能掌握語言的『語法層面』而已，根本

就不懂得『我的邏輯不容否定』這句話的意義！」達力語帶挑釁的說道。

「你說什麼！」這時候，安塞倫的左右護法突然全部不約而同的靠過來，並說道：「大膽狂徒！」

「沒關係，讓他說完。」這時候，袁魯爺示意左右護法暫時退下，並說道：「我倒要看看他究竟怎麼證明這點。這隻七月半的鴨子！」

6

「好吧！讓我們這樣解釋好了。」達力繼續說道：「由電腦硬體所產生的電腦程式，只是語法的操作而已；而單憑語法的操作，是不足以產生語意內容的。在語法的操作下，電腦只是對資訊按照程式的設計來處理，可是卻無法理解它本身所處理的資訊是什麼。」

「好呀！」袁魯爺回應道：「今天我就暫時當個『被侮辱與被損害者』好了，看你還能說出什麼侮辱的話來！反正我等一下可以一起算總帳。」

達力不理會袁魯爺的譏諷，繼續推論道：「相反的，人類的心靈狀態，包括了思想內容、理解能力和意識狀態等，而這是完全不同於電腦程式的。」達力繼續解釋道：「人類的心靈除了會對認知系統所接收的資訊作出反應以外，還會理解到資訊的內容為何。例如：當你問一個人『今天天氣如何』的時候，他

會回答你『今天的天氣如何如何』，因為他不僅能理解這句話的
意義，而且還知道應該如何作出正確的反應。相較之下，如果
我們把同樣的句子輸入電腦，電腦可能也會作出正確的反應，
可是這只是因為程式設計如此的緣故，電腦根本就無法理解這
句話的意義。」

「所以呢?」袁魯爺問道:「你的結論是什麼呢?」

「換句話說，心靈的思考能力，並不只是對資訊的處理而
已，還包括理解能力以及對語意內容的掌握。」達力說道:「相
較之下，電腦程式的操作純粹是語法操作而已；在語法操作之
下，電腦是不用、而且也無法掌握資料所具有的語意內容的。
所以，電腦根本就不能和人類一樣擁有心靈。」

「到現在為止，我只見你說得口沫橫飛的，可是你還是沒
有說服我：為什麼我只能像螞蟻和鸚鵡一樣，不懂得『我的邏
輯不容否定』這句話的意義?」袁魯爺問道:「還是那句老話:
你的推論究竟是什麼呢?」

7

「好吧! 讓我們作一個思想實驗好了!」應袁魯爺要求，達
力繼續說道:「如果你不反對的話，讓我們把這個思想實驗稱為
中文房間論證，好嗎?」達力問道。

「好呀! 隨便你怎麼稱呼。」袁魯爺說道。

「假設現在有一個房間，房間的牆壁上有兩個開口，一個

是可以把卡片送進房間的入口，另一個則是可以把卡片送出房間的出口，以便對送進房間的卡片作出回應。」達力繼續發揮演繹他那想像出來的思想實驗：「現在，假定我們在送進房間的卡片上，用中文寫著一些問題。而在房裡的卡片上，則是事先用中文寫著針對這些問題所給的答案。到這裡有沒有問題呀?」

「清楚得很!」袁魯爺回應道。

「現在，假設房間裡面有一個人只懂英文而不懂中文，而且房間裡還有一本英文的指導手冊，可以指導房裡的人如何針對送進房間的中文問題卡片，而把適當的中文卡片送出房間。」達力繼續說道：「現在，假定外面的人把一張卡片送進房間裡，而房間裡面的人即使不懂中文，可是卻可以在看到卡片之後，依據英文指導手冊的幫助，而把正確的卡片送出房間。」

「所以呢?」袁魯爺不解的問道：「你的葫蘆裡面賣什麼藥?」

「現在問題來了!」達力繼續說道：「我們可以問：房間裡面的人究竟懂不懂中文呢? 對於不明就裡的人而言，會以為房間裡面的人懂得中文，因為每次遞進一張寫著中文問題的卡片，房裡的人都可以遞出一張寫著正確中文答案的卡片來，所以會以為房裡的人當然懂得中文。可是事實上，房裡的人根本就不懂中文!」

「然後呢?」袁魯爺問道：「這和我或是你剛才提過的螞蟻或鸚鵡，又有什麼關係呢?」

「關係可大著呢!」達力繼續說道：「在這個思想實驗中，

房間裡面不懂中文的人，就好像你、螞蟻或鸚鵡一樣，雖然能作出所謂『正確的反應』，可是卻完全不懂得卡片上面的中文的意義！」

「啟動對話框！」達力突然大叫道。這時候，只見空中馬上浮現一個對話框；而在達力口中唸著自己的邏輯推論時，對話框也同步把這些邏輯推論用文字顯示出來：

⑴電腦只能作語法操作而已；

⑵只有人的心靈能掌握語意內容；

⑶單憑語法操作，根本不能掌握語意內容。

所以，電腦根本不能擁有心靈。

「怎樣？這個推論才應該不容否定吧？」達力得意的說道：「看來我已經贏了這場哲學辯論了！而只要我贏得一場，你就必須認輸，不是嗎？現在廢話少說！你必須依照安塞倫集團所頒布的刑法第 238 條，把謨爾釋放出來！」

8

「你高興得太早了吧？首先，我得承認：這個論證實在非常精彩！」對達力所提出的這個論證，袁魯爺不禁大加讚賞了一番。不過袁魯爺隨後卻馬上板起臉孔說道：「可惜呀，可惜，整個論證卻有一個致命的問題！」

「這怎麼說呢?」這時候,達力突然收起了勝利者的微笑,因為這個微笑好像還來得太早了些。

「你可知道: 在邏輯推論中,循環論證可是一個致命的錯誤?」袁魯爺冷冷的說道。

「什麼是『循環論證』呢?」這時候,達力心裡猛然一驚,不過還是故作鎮定的問道。

「好吧! 讓我告訴你什麼是『循環論證』。」袁魯爺停頓了一下,然後說道:「『循環論證』的英文是 begging the question,意思是說: 在邏輯推論時,我們早已在前提中直接或間接的預先假定了論證所要證明的結論。換言之,它是以『有待證明者』為前提,而構成了一個證明的循環。這是犯規的!」

「為什麼犯規呢?」達力問道。

「這當然犯規呀! 想不到你的邏輯竟然這麼差! 謨爾真是忝為人師呀!」袁魯爺嘲諷道:「我問你,在邏輯推論時,前提和結論之間是什麼關係呢?」

「前提應該是用來支持結論吧! 是不是這樣呀?」達力小心翼翼的說道。

「沒錯!」袁魯爺繼續解釋道:「在作邏輯推論時,前提支持結論的程度愈強,這樣的論證就應該愈是一個好的論證,或是愈具有說服力的論證,是不是這樣呀?」

「應該沒錯吧!」達力回答道。

「那請問前提為什麼可以用來支持結論呢?」袁魯爺問道:

「我們可不可以這樣說：因為前提比結論『更可信賴』，所以我們當然可以藉由前提來說服別人接受結論，是不是呀?」

「看來的確是如此。」達力回應道。

「現在『循環論證』的情況是這樣的：假設我希望你能用推論來證明 A 這個結論是成立的。這時候，你用了 B 來證明 A 是成立的，而又用 C 來證明 B 成立。當我問為什麼 C 成立時，這時候你卻又回過頭來用 A 來證明 C。這樣顯然就構成了一個循環了：B 支持 A，C 支持 B，而 A 又支持 C。」

「是呀! 這有什麼不對呢?」達力故作不解般的問道。

「問題可大呢!」袁魯爺說道:「我們剛才不是說『前提比結論更可信賴』嗎? 而因為 B 支持 A，C 支持 B，而 A 又支持 C，所以就信賴度而言，我們可以得出: B 大於 A，C 大於 B，A 大於 C。可是由『B 大於 A』和『C 大於 B』，我們又可以得出『C 大於 A』。所以我們最後得出: 就信賴度而言，A 大於 C，而且 C 大於 A，根本就是自相矛盾! 可見整個推論是不對的!」

「換句話說，在整個邏輯推論中，你早已在前提中偷偷的把 A 夾帶在內，企圖矇混過關。」袁魯爺繼續問道:「請問這種作法能不能夠說服人呢?」

「看來的確不能說服人。不過，能不能舉例說明呢?」達力問道。

9

「好吧!」這時候，袁魯爺竟然耐心的解釋道:「假設甲企圖用邏輯推論說服乙:《可蘭經》說的都是真的。乙這時反問甲為何如此，這時甲說:『因為《可蘭經》是阿拉的啟示。』而乙又反問道:『你怎麼知道《可蘭經》是阿拉的啟示?』這時甲回答:『因為《可蘭經》上就是這樣寫的。』在這個推論中，甲早已在前提中假定了『《可蘭經》說的都是真的』，然而『《可蘭經》說的都是真的』卻是整個論證的『待證明項』，所以整個論證顯然犯了『循環論證』的錯誤。」

「這和我的邏輯推論又有什麼關係呢?」達力不服氣的問道。

「關係可大著呢!」袁魯爺繼續說道:「因為你的推論就和上面《可蘭經》的例子一樣，都是犯了『循環論證』的錯誤而不自知!」

「有這麼嚴重嗎?」達力還是不太甘心。

「讓我們分成兩方面來說明吧! 首先，整個中文房間論證最大的問題和最具爭議的地方，就是在第三個前提上!」袁魯爺說道:「你憑什麼說: 單憑語法操作，根本就不能掌握語意內容? 這個前提從頭到尾根本未經檢驗呀! 如果這個前提是可疑的，那麼你根本就沒有證明電腦程式的語法操作，為何不能產生理解能力。」袁魯爺斬釘截鐵的回應道。

「同理，讓我們再看看前提一和前提二吧!」袁魯爺繼續說

道：「在前提一和前提二中，你早就分別假定了『電腦只能作語法操作而已』以及『只有人的心靈能掌握語意內容』。可是前提一和前提二為何能夠成立，卻沒有任何推論過程！」

「好啊！就算你說的對。可是我還是看不出來我為何犯了『循環論證』的錯誤？」達力問道。

「整個論證所犯的最嚴重的錯誤，就在這個地方呀！」袁魯爺斬釘截鐵的說道：「這個論證為什麼犯了『循環論證』的謬誤呢？因為整個中文房間論證想要證明的，是語法操作不能構成語意內容。可是在前提三中，你老早就假定了『語法操作不能構成語意內容』，而這卻是整個論證要證明的主張！換句話說，在這個邏輯推論中，你早已在前提中偷偷的把要證明的主張夾帶在內，企圖矇混過關，這當然是嚴重犯規了呀！」

「看來袁魯爺的確說得對呀！」達力心想。原來以為可以輕輕鬆鬆的逼袁魯爺釋放謨爾，現在看來並沒有這麼容易！

「你的第一場哲學辯論已經輸了。哈哈哈！」袁魯爺大笑道。這時候，只見安塞倫主機的左右護法口中念念有詞，大叫道：「在我之上，點點繁星；在我之內，袁魯爺的哲學！◀袁魯爺萬歲！袁魯爺萬歲！」

「沒關係，你還有兩次機會，可要好好把握啊！」袁魯爺嘲諷道：「我最仁慈了，竟然還給你兩次機會！不過可千萬記住：我最討厭『實在的餘燼』了！」

「等一下！」達力突然靈機一動，似乎還有什麼話要說：「在

▶ 改引自哲學家康德在其《實踐理性批判》(*Critique of Practical Reason*) 所言「在我之上，點點繁星；在我之內，道德律法」(the starry heavens above me and the moral law within me)。

這場哲學辯論中，我可不見得輸了呢!」

「此話怎講?」袁魯爺不解的問道。

「你可還記得我剛才提過的螞蟻和鸚鵡的例子嗎?」達力繼續說道:「假設一群螞蟻在海邊沙灘上走出『我的邏輯不容否定』這句話的外形，而一隻鸚鵡說道:『我的邏輯不容否定!』請問螞蟻和鸚鵡是否瞭解『我的邏輯不容否定』這句話的意義呢?當然不行! 因為螞蟻和鸚鵡最多只掌握了『我的邏輯不容否定』這句話的『語法層面』，並沒有掌握到『語意層面』。可見『語法操作不能構成語意內容』這個主張的確能成立呀!」

這時候，袁魯爺突然舌頭卡住了，一時間竟然講不出話來。

「還不止如此呢!」這次達力更理直氣壯了，繼續說道:「你剛才不是也同意: 光是掌握了句子的形和音還不夠。我們還必須掌握句子的意義，這樣才能說瞭解了這句話的意義。否則我們就只是像螞蟻和鸚鵡一樣而已? 怎樣，難道你現在想要反悔嗎?」

「我的確是說過這樣的話!」袁魯爺終於說話了:「可是我的重點是: 即使『語法操作不能構成語意內容』這個主張的確能成立，可是你的中文房間論證並不能證明這個主張能成立，因為整個論證已經犯了『循環論證』的謬誤了! 這你總得承認吧?」

這時候，只見安塞倫主機的左右護法又開始大叫道:「在我之上，點點繁星; 在我之內，袁魯爺的哲學! 袁魯爺萬歲! 袁

魯爺萬歲!」

「好吧!」這時候，袁魯爺示意安塞倫主機的左右護法暫時保持沉默，並繼續說道:「我這個人最講道理，而且還童叟無欺呀! 贏就是贏，輸就是輸。看來我們兩人各贏了一半: 當你說『語法操作不能構成語意內容』的時候，你的確是贏了;而當我說你的論證犯了『循環論證』的謬誤時，我也贏了。所以這次就算平手好了! 怎樣，很公平吧?」

「好吧! 看來的確很公平。」達力回應道。

進階閱讀

在這一章和下一章中，達力試圖把謙爾從安塞倫主機中營救出來，於是達力和袁魯爺最後在安塞倫主機的法庭中，展開了三場哲學大辯論。達力必須在三場哲學辯論中至少贏得一場，才能順利把謙爾營救出來，否則連自己也要被「解消實在」了。

首先，達力用「中文房間論證」證明袁魯爺其實並不是雙語人，不過袁魯爺卻不認為達力的推論能夠說服人，於是雙方展開了第一場論戰。這場論戰雙方戰成了平手。

「中文房間論證」(Chinese room argument) 是當代美國加州大學柏克萊校區 (University of California, Berkeley) 哲學教授塞爾於 1980 年代所提出來的著名思想實驗。塞爾問道：房間裡面的人究竟懂不懂中文呢？不明就裡的人會以為房間裡面的人懂得中文。可是事實上，房裡的人根本就不懂中文！塞爾因此主張：同理可知，因為只有人的心靈能掌握語意內容，電腦只能作語法操作；而單憑語法操作，根本不能掌握語意內容；因此，電腦最多就和中文房間裡那個不懂中文的人一樣，雖然能作出所謂「正確的反應」，但其實根本不知其所以然。換言之，整個中文房間論證想要證明的，是語法操作不能構成語意內容。自從塞爾提出著名的中文房間論證之後，美國學界旋即陷入激烈的哲學爭論之中。

塞爾 (John Searle, 1932–)

當代著名的英美分析哲學家，以研究語言哲學以及
人工智慧問題著稱，目前任教於加州大學柏克萊校區。
在語言哲學研究上，塞爾專精於英國語言哲學家奧斯丁
(John Austin) 的言語行為理論 (speech act theory)；在人
工智慧問題上，塞爾則提出著名於世的「中文房間論
證」，並主張電腦永遠不可能掌握語言的意義，因為「語
法」並不足以充分解釋「語意」，而電腦最多只能掌握
「語法」而已。

《被侮辱與被損害者》

俄國大文豪杜斯妥也夫斯基 (Fyodor Mikhailovich
Dostoevsky, 1821–1881) 著名的小說之一。杜斯妥也夫
斯基和屠格涅夫 (Ivan Turgenev) 以及托爾斯泰 (Lev
Nikolaevich Tolstoi) 並稱為帝俄時代俄國文學的三大支
柱。除了《被侮辱與被損害者》之外，杜斯妥也夫斯基
還著有《罪與罰》、《地下室手記》、《附魔者》、《卡拉馬
助夫兄弟們》、《白癡》等十數部小說。這些不朽名著均
具鮮明的人道主義色彩，描寫的人物幾乎全是窮人、乞
丐、小偷、白癡等人。他們在社會重重殘酷壓迫下，都
成了窮苦無助的人；而杜斯妥也夫斯基則從這些人的靈
魂中，發現永不熄滅的希望之火。

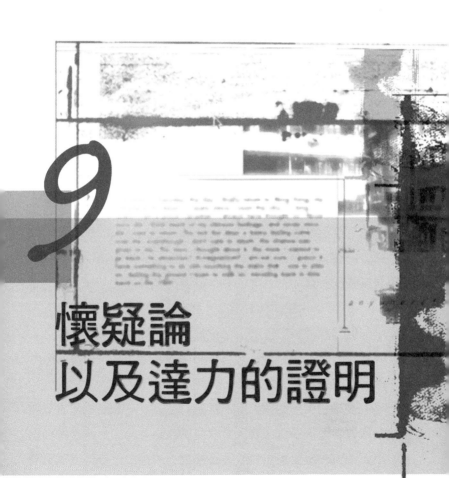

9

懷疑論
以及達力的證明

1

「接下來的第二場哲學辯論，你可不能再靠運氣了！沒有人天天過年、運氣總是這麼好吧？」這時候，袁魯爺語帶恐嚇的說道：「你可聽過懷疑論？」

「這下可糟了！」達力心裡暗暗的大叫了一聲。記得謨爾曾經說過：這可是袁魯爺的拿手本領之一呢！

「好吧，注意看好了！啟動對話框！」不等達力回應，袁魯爺馬上就在對話框中秀出了下面這三個主張：

(1)無物存在。

(2)如果有物存在，也無法認識它。

(3)即使可以認識它，也無法把它說出來告訴別人。

「怎樣？這些主張無懈可擊吧？我的邏輯不容否定呀！哈哈哈！」袁魯爺指著 CPU 上面烙印的英文字，得意的說道：「不過別急！第二場辯論還沒有開始呀！因為這些只不過是主張罷了，所以只能算是暖身而已喔！」

「說真的！我實在看不出為什麼這三個主張無懈可擊。不過只要你高興就好！」達力諷刺的說道。

「現在第二場辯論要開始了喔！」袁魯爺繼續說道：「讓我們來討論上面的第二個主張：『如果有物存在，也無法認識它』

好了！時代的局限、認識的角度、個人的經驗以及主觀情緒這些諸多因素，都會干擾我們對外在世界的認識。所以我們根本就無法認識真理本身，最多只能『逼近真理』而已。是不是這樣呀？」

「好像沒錯吧？」達力小心翼翼的說道，深怕一個不小心就落入了袁魯爺的陷阱之中：「不過你根本就沒有給我任何推論過程呀！所以我為什麼要相信你呢？」

「好呀，竟然現學現賣了起來。很好！」袁魯爺誇獎起達力來了，不過卻馬上又板起臉孔說道：「現在可聽好了！事物根本就是不可認識的。例如，我們只能說一個對象『看起來是白的或黑的』，而不能說『它是白的或黑的』。既然如此，那麼我們根本就不能相信任何事物，也不能做任何判斷。既然我們什麼也不能確定，當然就應該放棄判斷，放棄認識外在世界，這樣才能求得精神上的安寧。為了保持內心的寧靜和達到哲學的最高境界，我們就要像豬那樣處於純無知狀態。所以囉！最偉大的哲學家就是豬；每個人都應該學會做豬。」

「照你這樣說，」達力質疑道：「不就沒有任何事物是確定而不可懷疑的？」

「對極了！」袁魯爺回應道。

「那麼，你剛才所說的『沒有任何事物是確定而不可懷疑的』這個主張，是不是也是可以懷疑的呢？」達力心想：這就叫做「以子之矛，攻子之盾」！他倒要看看袁魯爺怎麼回應！

「太好了!」這時候,達力突然靈光一現,心裡盤算著:「如果袁魯爺的回答是肯定的,那麼就表示『沒有任何事物是確定而不可懷疑的』這個主張本身,也是可以懷疑。既然如此,那麼我們就等於駁斥了這個主張了。相反的,如果袁魯爺的回答是否定的,那麼就表示『沒有任何事物是確定而不可懷疑的』這個主張本身,是不可以懷疑的。既然如此,那麼這個世界上就至少有一個事物是不容懷疑的了。若是如此,那麼『沒有任何事物是確定而不可懷疑的』這個主張,也等於被我們駁斥了。不管如何,看來袁魯爺都輸了!」

2

「哈哈哈!」沒想到袁魯爺這時候突然大笑道:「你以為自己贏了嗎? 不見得吧? 現在聽好了: 其實我懷疑一切;而且,就連我自己的懷疑本身,我也加以懷疑!」

「什麼?」達力突然傻眼了,於是大叫道:「這算什麼邏輯?」

「你問這是什麼邏輯嗎? 這就是懷疑論邏輯呀!」袁魯爺說道:「那你說說看,我的主張有什麼不對呢?」

「當你懷疑『沒有任何事物是確定而不可懷疑的』這個主張時,你已經自打嘴巴了,不是嗎?」達力說道:「這不就表示這個主張本身是不能成立了嗎?」

「哈哈哈!」袁魯爺大笑道:「可是聽好了! 如果一切都可以懷疑的話,那麼下面這些也都是可以懷疑的! 啟動對話框!」

說罷，袁魯爺又在對話框中秀出了下面這些句子：

(1)我懷疑「沒有任何事物是確定而不可懷疑的」；

(2)我懷疑「我懷疑『沒有任何事物是確定而不可懷疑的』」；

(3)我懷疑「我懷疑『我懷疑「沒有任何事物是確定而不可懷疑的」』」；

(4)我懷疑「我懷疑『我懷疑「我懷疑『沒有任何事物是確定而不可懷疑的』」』」；

(5)我懷疑「我懷疑『我懷疑「我懷疑『我懷疑「沒有任何事物是確定而不可懷疑的」』」』」；

⋮

「換句話說，我可以沒有止盡的一直懷疑下去，請問這又有什麼不對呢？」袁魯爺問道。

這時候，只見達力漲紅著臉，一句話都說不出來了。

「事實上，對於懷疑論邏輯，你只能聳聳肩，雙手一攤而已，因為你根本就辯不過懷疑論呀！」袁魯爺說道：「不信嗎？好！就讓你再瞧瞧懷疑論邏輯的厲害吧！」

這時候，只見安塞倫主機的左右護法不約而同的走向前來。「啟動對話框！」左護法撲朔突然大叫道。只見對話框中馬上顯示出密密麻麻的五行字：

⑴不同的生物，會產生互相對立的知覺和世界觀。

⑵不同的個人，會產生互相對立的知覺和世界觀。

⑶不同的感官，會產生互相對立的知覺和世界觀。

⑷不同的狀況，會產生互相對立的知覺和世界觀。

⑸不同位置、距離和地點，會產生互相對立的知覺和世界觀。

而右護法迷離也同時啟動了對話框。裡面同樣顯示出了五行字：

⑹不同物質一經混雜，會產生互相對立的知覺和世界觀。

⑺事物不同的量和構造，會產生互相對立的知覺和世界觀。

⑻事物的相對性，會產生互相對立的知覺和世界觀。

⑼事物的罕見和常見，會產生互相對立的知覺和世界觀。

⑽不同生活方式、法律與習慣，會產生互相對立的知覺和世界觀。

「這就是我的懷疑論邏輯！怎樣？認輸了吧？」袁魯爺問道。

「何以見得？你還沒有證明這些懷疑論邏輯的確能成立呢！」達力抗議道。

「好哇！你要證明？你可仔細聽好了！啟動對話框！」只見袁魯爺口中念念有詞，好像念經般的說著下面這些話。在此同時，對話框也同步把聲音翻譯成下面這些密密麻麻的文字：

(1)就觸覺而言，有人敢說表皮構造相似的生物，一定會有相似的觸覺嗎？就聽覺而言，有人敢說耳朵有毛的生物和耳朵無毛的生物，一定會有相似的聽覺嗎？橄欖油對人類有益，卻可殺死蜜蜂。可見不同的生物，會產生互相對立的知覺和世界觀。

(2)例如，就何事當為、何事當避免等事觀之，總是眾說紛紜，莫衷一是。人類理智判斷的巨大差異，由此可見一斑！可見不同的個人，會產生互相對立的知覺和世界觀。

(3)眼睛看一幅畫，會覺得具有凹凸感，可是就觸覺而言，同一幅畫卻不會有凹凸感。生來沒有聽覺和視覺的人，會相信世界上沒有可聽、可視之物存在。若是如此，則僅具有五官的人類，在面對一顆蘋果時，是否僅可感受五官可感的性質，可是事實上蘋果卻仍有五官不可感之其他性質呢？可見不同的感官，會產生互相對立的知覺和世界觀。

(4)我們在自然或不自然狀況下，對事物的感受常會有所不同。發狂的人會聽到幽魂之語，可是正常人卻聽不到。一盆水對我們而言是微溫，可是若淋在紅腫之處，則會覺得滾燙。可見不同的狀況，會產生互相對立的知覺和世界觀。

(5)燈火在大太陽下顯得幽暗，在夜晚卻顯得明亮。船槳在水中顯得彎曲，可是一拿出水中，卻顯得筆直。可見不同位置、距離和地點，會產生互相對立的知覺和世界觀。

(6)我們感知事物一定得經由許多的中介物，因而不可能單純

的感知到事物本身。因此，我們只可能說「混雜了其他事物的外在事物如何如何」，而不可能說「沒有混雜其他事物的外在事物，其本身如何如何」。同一個聲音在稀薄空氣中聽來是一回事，在濃重空氣中聽來又是另一回事。可見不同物質一經混雜，會產生互相對立的知覺和世界觀。

⑺單個銀屑看來是黑色的，可是眾銀屑集合起來構成的銀箔紙，卻是白色的。適量飲酒可強身，過量飲酒卻會傷身。可見事物不同的量和構造，會產生互相對立的知覺和世界觀。

⑻因為所有事物都是相對的，所以對於事物本身究竟如何，我們都應該存而不論，不作任何判斷。可見事物的相對性，會產生互相對立的知覺和世界觀。

⑼太陽比彗星要了不起多了。可是，因為我們常見太陽，而不常見彗星，所以彗星一出現，我們多會感到驚異，甚至會認為天有異象，可是卻不會對太陽有類似反應。如果太陽也很罕見，那麼對於太陽的出現，我們想必也會一樣感到驚異才是。可見事物的罕見和常見，會產生互相對立的知覺和世界觀。

⑽對於波斯人而言，肛交是其風俗習慣；可是對羅馬人而言，肛交卻為法律所禁止。對於我們而言，外遇為法律所禁止；可是對西元前 6 世紀至西元 2 世紀時生活在裏海東岸的馬薩格泰人 (Massagetae) 而言，外遇卻是沒有人會大驚小怪的風俗習慣。對我們而言，和母親有染是絕對禁止的，可是對波斯人而言，和母親結婚卻是其風俗習慣。埃及男人會與姐妹結婚，可是我們的法

律卻嚴禁如此。可見不同的生活方式、法律與習慣，會產生互相對立的知覺和世界觀。◀

這時候，只見達力全身疲軟，說不出話來了！這些懷疑論邏輯還真是名不虛傳呀！

3

「所以囉！既然沒有任何事物是確定而不能懷疑的，所以，如果對於我自己的懷疑，我也一律加以懷疑，那又有什麼不對呢？」袁魯爺大笑道：「看來，你的第二場哲學辯論已經輸了。哈哈哈！到目前為止，還沒有人能招架得住懷疑論呀！」

這時候，安塞倫主機的左右護法口中又念念有詞，大叫道：「在我之上，點點繁星；在我之內，袁魯爺的哲學！袁魯爺萬歲！袁魯爺萬歲！」

「注意喔！你只剩最後一次機會了！」袁魯爺嘲諷道：「雖然我很仁慈，不過在面對『實在的餘燼』時，我可是不會手下留情的！」

「儘管放馬過來吧！」達力現在已經無路可退，只能全力以赴了！

「哈哈哈！我今天才知道：原來你們駭客界的人都這麼不堪一擊，而且邏輯都很差呀！」為了徹底擊垮達力的士氣，袁魯爺故意語帶挑釁的評論道。

▶ 引自愛那西德謨 (Aenesidemus of Knossos) 的十條論證。

「咦！這句話很有問題吧！」達力心想：「想不到袁魯爺聰明一世，竟也會糊塗一時而說出這句話來！好吧！要擊敗袁魯爺，這可是最後的機會了！」

「請問你的主張為何能夠成立？既然你根本就沒有給我任何推論過程，我為什麼又要相信你的主張呢？」達力故意抗議道，希望袁魯爺能一步一步落入陷阱中。

「哇！原來老狗變不出新把戲，竟然故技重施呀！」想不到袁魯爺不疑有他，竟然繼續說道：「其實這個推論很簡單呀！」

「願聞其詳！」達力說道。看來袁魯爺已經落入陷阱之中了！

「我為什麼會說你們駭客界的人都這麼不堪一擊，而且邏輯都很差呢？」袁魯爺故意一字一句、清清楚楚的說道：「因為我以前就已經見過很多你們駭客界的人了，而我發現他們不僅都不堪一擊，而且邏輯還都很差，屢試不爽！換句話說，這就是歸納法呀！」

這時候，只見達力冷冷的看著袁魯爺，不發一語。

「看來你是還沒有進入狀況呀！」袁魯爺繼續說道：「好吧，讓我們來談談歸納法好了！很多科學上的普遍原則，是完全依靠著歸納法原則的。我們之所以相信這些普遍原則，是因為我們已經發現了很多事例可以證明它們為真，而卻還沒有發現過它們為假的例子。換句話說，歸納法其實就是科學研究的主要方法呀！而當我說你們駭客界的人都不堪一擊，而且邏輯都很差，其實是有所本的，那就是依據歸納法這個科學方法而得來

的結論!」

「可是，除非我們先承認歸納法原則可以作為整個邏輯推論的前提，否則還是不能有充分的理由說這些普遍原則在未來也會是真的。例如：假設你在過去所看到的駭客界的人的確都不堪一擊，而且邏輯都很差；可是這並不表示你在未來所看到的駭客界的人，一定也會不堪一擊，而且邏輯都很差。是不是這樣呀?」達力終於打破沉默，開口問道。

4

「這可糟了!」袁魯爺心裡暗暗的吃了一驚：「莫非眼前這小傢伙故意裝作什麼都不懂的樣子，原來就是要引誘我落入歸納法的陷阱之中? 難道這小傢伙也要用懷疑論邏輯來對付我?」

一想到這裡，袁魯爺不由得大吃了一驚!

「說慢一點! 我不習慣你這種連珠炮似的說話方式。」袁魯爺一方面故意抗議道，另一方面還在思考著如何巧妙的改變話題，以便安全脫身。

「好吧! 讓我這樣解釋好了。」達力解釋道：「假設你在過去看過一百萬隻烏鴉，而這一百萬隻烏鴉恰好都是黑色的。可是你可以因此保證： 當你看到第一百萬零一隻烏鴉的時候，這隻烏鴉一定也會是黑色的嗎? 答案應該是否定的吧?」

「你說的好像沒錯吧? 雖然第一百萬零一隻烏鴉也很可能是黑色的，不過我的確沒有辦法作這種保證。」這時候，袁魯爺

終於確定了達力的確在這裡布下了懷疑論邏輯的陷阱。

「這可怎麼辦才好？看來得趕快改變話題了！」袁魯爺心想，所以突然小心翼翼的說道：「照你這樣說來，歸納法好像有不太對勁的地方？是不是這樣呀？好吧！我們現在換個話題好了！你的第三場辯論要辯論些什麼呢？」

可惜這一切都太晚了！達力可是好不容易才等到這一刻呢！又豈能讓狡猾的袁魯爺輕易溜走！

「真險呀！還好到目前為止，袁魯爺還沒有機會用上『奧坎剃刀』和『語意之河』這兩個邏輯必殺技！」達力心裡暗暗的捏了一把冷汗：「可要好好保持好不容易得來的戰果才行！」

「你可不要改變話題呀！」於是達力大叫道：「第三場辯論早就開始了，不是嗎？」

「這……」袁魯爺竟然說不出話來了。「好……好吧！歸納法究竟怎麼不太對勁呢？」

「歸納法豈只不太對勁，而且還很不對勁呢！」達力很高興自己終於把話題又導回歸納法問題了，於是趕緊繼續說道：「事實上，我們大可以追問：從邏輯的觀點而言，歸納法具有邏輯有效性嗎？」

「歸納法當然具有邏輯有效性呀！」這時，為了死馬當活馬醫，並適時找出反擊的機會，袁魯爺故意大聲抗議道：「歸納法是科學研究的主要方法呀！如果歸納法不具有邏輯有效性，那麼整個科學系統豈不崩潰了？」

「你說得對極了!」達力說道:「如果歸納法是科學研究的主要方法,那麼科學系統就真的會遭殃了! 簡單的說,歸納法是根據少數經驗事實,而推得普遍結論的方法。然而我們憑什麼確定其他未經驗的事實,一定會類似於已經驗的事實,而且具有同樣的規律性呢? 所以囉! 歸納法的邏輯有效性根本就值得懷疑! 這就是鼎鼎大名的歸納法的問題。」

「說清楚一點,我聽不懂!」袁魯爺假裝自己被惹惱了:「你最好言之成理,否則小心自己的實在等一下就會被我解消掉,而且一點不剩!」

5

「好吧!」達力細心解釋道:「讓我們舉一個任何人想必都不會懷疑的事情為例子好了! 我們大家都相信太陽明天還會出來。可是這是為什麼呢? 我們抱持著這個信念,只是因為過去的經驗都是如此:太陽每天都出來,而且還屢試不爽,從未放過我們鴿子。是不是這樣呀?」

「沒錯! 這又有什麼問題?」袁魯爺問道。

「問題來了!」達力繼續說道:「可是我們又怎麼確定未來一定會類似於過去的經驗呢? 如果我們可以確定未來一定會類似於過去的經驗,那麼歸納法就是一個可以驗證的合理信念;反之,如果答案是否定的,那麼歸納法就只不過是以過去經驗為基礎的盲目產物而已了!」

「所以呢?」袁魯爺故意狐疑的問道。

「顯然的,假如有人問我們為什麼相信太陽明天還會出來,我們自然會回答說:『因為太陽總是天天都出來的呀!』我們堅信太陽以後還會出來,是因為它過去總是會出來。」達力繼續說道:「如果有人追問我們:『為什麼相信太陽今後仍然會照樣出來?』這時候,我們就只好訴諸運動定律了。可是這有沒有解決問題呢?顯然答案是否定的,因為別人大可以理直氣壯的追問:『為什麼要相信運動定律到明天依然有效呢?』」

「等一下!為什麼要懷疑運動定律呢?」袁魯爺一方面虛與委蛇的問道,另一方面還在狡猾的等待達力犯錯,以便適時反擊。

「好啊!這傢伙竟敢用我拿手的懷疑論邏輯來對付我!」袁魯爺心想:「等一下非得要讓他瞧瞧我的厲害不可!」

「我們之所以相信運動定律到明天依然有效,唯一的理由就是:過去的大量經驗告訴我們,運動定律一直都是有效的。是不是這樣呀?」達力問道。

「沒錯呀!」袁魯爺回答道。

「可是在這裡,真正的問題是:一個定律在過去維持有效,難道就足以證明它未來也會繼續有效嗎?如果答案是否定的,那麼我們就顯然沒有任何充分的根據可以相信太陽明天還會出來。這時候我們會猛然發現:歸納法的問題還是存在,只不過是以另一種形式出現而已。」

「你講的還是有點玄。能不能再解釋一下?」這時候,袁魯爺再也不管自己是安塞倫集團首領這個尊貴的身分了,竟然故意卑躬屈膝的問道,為的只是要等待達力犯錯。

「好吧!」達力說道:「讓我們從頭說起好了。我們常常把歸納法定義如下:從個別事例到普遍、一般原理的邏輯推論。換句話說,在歸納推論中,結論一定超出了前提所斷定的範圍,所以前提的真並無法保證結論的真,於是整個推論缺乏必然性。如果整個歸納推論不能得到必然為真的結論,那麼它的合理性又何在呢?如何為其合理性進行辯護?這就是我們在這裡所討論的『歸納法的問題』。」

「很好,很清楚!」袁魯爺滿意的回答道。

「我們剛才還曾經問過下面這個問題:我們怎麼確定未來一定會類似於過去的經驗呢?讓我們把『未來一定會類似於過去的經驗』這個信念稱為自然齊一律,這樣有沒有問題呀?」達力問道。

「好啊!隨你怎麼稱呼。」袁魯爺說道。

「我們在這裡必須討論的問題是:究竟有沒有理由相信『自然齊一律』呢?相信『自然齊一律』,就是相信每一件已經發生過的或者將要發生的事情,都是某種普遍規律的一個事例。」達力解釋道。

「所以呢?」袁魯爺問道。

「然而這就使我們又回到下面這個問題上來了:既然我們

認為『自然齊一律』在過去一直是有效的，那麼我們是否又有任何理由可以假定『自然齊一律』在未來也永遠有效呢?」達力停頓了一下，繼續說道:「換句話說，別人大可以理直氣壯的追問: 為什麼我們要相信『自然齊一律』到明天依然有效呢? 顯然這又是歸納法的問題了，只不過這次又是以另一種形式出現: 主角換成了『自然齊一律』了!」

「所以我們可以結論道: 一切的科學研究，都是建立在經驗上的; 一切經驗的推論，都是建立在歸納推論上的; 而歸納推論又是建立在『自然齊一律』這個原則之上的。」達力繼續說道:「所謂『自然齊一律』是主張: 未來一定會類似於過去的經驗。可是『自然齊一律』這個假定，在邏輯上根本就站不住腳! 因為我們顯然無法在邏輯上證明『未來一定會類似於過去的經驗』。」

這時候，只見袁魯爺呆若木雞的站在那裡，說不出話來了。

6

「讓我們把剛才的推論整理一下吧! 啟動對話框!」只見達力此時乘勝追擊，心電神馳，竟然出口成章了起來。在此同時，對話框中也同步顯現了下面這些文字:

首先，從演繹推論的觀點觀之，歸納推論是可疑的。這可以分成兩方面說明：在歸納推論中，我們企圖從「實際觀察到的有限事例」推論出「和無窮事例有關的全稱結論」，而且也企圖從「過去、現在的經驗」推論出「對未來經驗的預測」。顯然這兩個邏輯推論，都是非常可疑的，因為適用於「實際觀察到的有限事例」，不一定適用於無限，而且將來的經驗，還很可能與過去和現在完全不同。

其次，如果我們要以歸納法在實際應用上的成功去證明歸納法，這就要用到歸納推論，因此就會導致無窮後退或循環論證。

所謂「無窮後退」，是指為了證明某個主張而提出的證據，本身又需要證據支持；而證據的證據還需要另一個證據支持……以至於無窮無盡。在歸納法的證明的例子中，「無窮後退」的情況是這樣的：假設我們為了證明歸納法成立，而提出「歸納法在實際應用上是成功的」作為理由。可是我們可以追問：「歸納法在實際應用上是成功的」這個主張又是從何而來？而為何「歸納法在實際應用上是成功的」此一主張，可以用來支持歸納法？顯然兩者也都是歸納而來。換言之，為了證明歸納法成立，我們必須用到歸納的歸納；而歸納的歸納本身，又需要歸納的歸納的歸納支持……以至於無窮無盡。

因此，為了證明歸納法成立並避免無窮後退，我們只好假定「自然齊一律」；可是「自然齊一律」又要靠歸納法來證明，這樣就陷入了循環論證，而難以自圓其說了。

「照這樣說來，既然過去的經驗無法保證未來一定是如此，可見『太陽明天還會出來』只不過是一個以過去經驗為基礎的盲目信念而已，並沒有充分的理由支持。」說真的，袁魯爺這時候實在很難接受失敗的事實！不過，只要辯論還沒有結束，總還是有一絲絲反擊回去的希望呀！於是袁魯爺使出了「以時間換取空間」的技倆，故意盡量拖延辯論時間，並接著問道：「那麼，我們為什麼又會相信太陽明天還會出來、未來一定會類似於過去的經驗呢？」

「這個問題問得真好！」達力高興的說道：「這並不是因為理性使然，而完全是由於習慣和心理期待。在這裡，『習慣』或『心理期待』只是一種非理性的心理作用而已，是一種本能或自然的傾向。換句話說，歸納推論的基礎，其實是非理性、不合乎邏輯的。」

「某一件事情已發生過很多次，光憑這種過去事物的規律性，就會使得動物和人類預料這件事情還會再發生。」達力繼續發揮演繹道：「換句話說，這是一種心理期待或是習慣，也是一種本能。既然太陽已經出來了很多次了，所以我們的本能當然會使我們相信太陽明天還會出來。因此，過去事物的規律性，就形成了對於未來事物的預測的基礎了。」

「這……怎麼會這樣呢？」眼見「以時間換取空間」的技倆，竟也行不通了！袁魯爺此時充滿悔恨，竟然人算不如天算，一開始就不小心掉入了小毛頭達力設計好的「歸納法的問題」的

陷阱之中。而且更糟的是：「奧坎剃刀」、「語意之河」以及「懷
疑論邏輯」這時候竟然還全都派不上用場！

難道只能依照約定，眼睜睜的釋放譓爾嗎？

7

這可是歷史上第一次有人打敗了袁魯爺呢！

不過袁魯爺卻非常不甘心！他覺得達力用了詐術，所以才
會獲勝！

「我的邏輯不容否定……我的邏輯不容否定……」只見袁
魯爺不甘心的大叫道。

在此同時，由於袁魯爺的程式裡只有「贏的邏輯」，而沒有
「輸的邏輯」的設計，賽琦─514 城電腦的邏輯，竟也因為袁魯
爺始料未及的敗北而遭到了破壞，並造成了系統的短路！

「我的邏輯不容否定……我的邏輯不容否定……」袁魯爺
的口裡還在不斷喃喃念著，不過此時卻不是因為不甘心，而是
因為系統的短路使然。

在袁魯爺喃喃自語的同時，安塞倫主機竟然開始冒煙了！

這時候，只見譓爾趁著系統短路的機會，毫髮無傷的從「解
消實在的入口」處走了出來。隨後，達力和譓爾兩人便馬上以
下線方式脫離了安塞倫主機以及賽琦─514 城的控制，來到了
實實在在的駭客界之中了。

說也奇怪，達力和譓爾馬上就重獲了身體。

「原來這就是實實在在的駭客界呀!」重獲了身體後的達力好奇的四處張望,並說道:「雖然我還不太習慣擁有身體,不過實在的感覺真好!」

在此同時,只見賽琦—514城裡虛擬世界中的「靈魂」們,也趁著安塞倫主機短路的機會,重回了駭客界的肉身,而回歸了真實。

原來的駭客界只充滿了拖著累贅的肉體四處遊晃、如同夢遊般沒有靈魂的「常人」。在靈魂重回肉體之後,人們才猶如大夢初醒似的,面面相覷,好像重獲新生一樣。

經過達力與謨爾的解釋後,這些重回駭客界的人們對眼前的情形雖不敢置信,卻也體會到前所未有的真實感⋯⋯。

可惜好景不常!

原來,電腦的短路只不過是曇花一現而已!在安塞倫主機冒了一陣子黑煙之後,電腦的自我還原功能,又使得袁魯爺馬上恢復了正常運作,並重新控制了賽琦—514城以及原來臣屬的靈魂們了!

人們的意識只短暫的回復了一下實在感,剎那間,又重新被召回虛擬的世界中了⋯⋯。

在此之後,駭客界又回到和先前一樣,充滿了行屍走肉、沒有靈魂,並在無意識的情況下接受八卦媒體餵養的「常人」了!

「啊! 怎麼會這樣呢?」達力失望的大叫道:「難道我們先

前的努力，就這樣化為烏有了嗎?」

達力和謨爾雙雙陷入了沉思之中。

過了一會兒，謨爾終於打破沉默，對失望的達力說道:「雖然只不過是短短的一刻，但那分真實感，想必會永遠留在他們的記憶深處吧! 下一次再有人擊敗袁魯爺，下一次再有清醒的契機，或許就能……」

達力看著謨爾，不發一語。

「是的! 儘管既困難又有危險，我們仍要持續的回到如同洞穴的賽琦—514 城中，不斷的將真理帶給靈魂受到禁錮的人們。」達力轉頭凝視著天空，若有所思的說道:「就算只能救出一個，也要竭盡全力……也許明天就有第二個……第三個。」

雖然天空還是一樣灰濛濛的，不過總比安塞倫主機中那色度太純、亮度太高的虛擬蔚藍天空要好得多了……。

進階閱讀

　　在這一章中，達力為了把譓爾從安塞倫主機中營救出來，和袁魯爺展開了最後兩場哲學大辯論。

　　達力和袁魯爺的第二場哲學大辯論，是袁魯爺所提出的「懷疑論邏輯」。不過達力根本就不是袁魯爺的對手，因此在這場論戰中，袁魯爺輕易的勝出了。

　　在西洋哲學中，懷疑論 (skepticism) 是非常重要而又難解的哲學主張。在這一章中，袁魯爺首先提出古希臘著名詭辯派哲學家 (sophist) 高爾吉亞（Gorgias，約 490–385 B.C.）的懷疑論主張：(1)無物存在；(2)如果有物存在，也無法認識它；(3)即使可以認識它，也無法把它說出來告訴別人。此外，古希臘哲學家皮羅 (Pyrrho of Ellis) 也可以說是懷疑論的著名代表之一。皮羅認為事物是不可認識的，因為對每一事物，我們都可以有兩種相互對立的意見。既然我們什麼都不能確定，那麼最好的辦法，就是放棄判斷、放棄認識，這樣才能求得精神安寧。依皮羅的觀點，哲學的最高境界，就是像豬那樣處於純無知狀態；因此，最偉大的哲學家就是豬；所有人都應該學會做豬。皮羅的追隨者愛那西德謨 (Aenesidemus of Knossos) 也曾經提出十條論證主張懷疑論。對此，請見安塞倫主機左、右護法的對話框中所示，在此不再贅述。

達力和袁魯爺的第三場哲學大辯論，是歸納法的問題 (the problem of induction)。「歸納法的問題」又稱為休姆問題。休姆從經驗論立場出發，對歸納法的基礎提出了根本質疑。「休姆問題」在哲學史上產生了巨大又深遠的影響。在這場論戰中，達力終於勝出了，因此最後順利的把謢爾營救了出來。

事實上，很多科學上的普遍原則，是完全依靠著歸納法原則的。歸納法其實就是科學研究的主要方法。簡單的說，歸納法是根據少數經驗事實，而推得普遍的結論的方法。我們可以把歸納法定義如下：從個別事例到普遍、一般原理的邏輯推論。換句話說，在歸納推論中，結論一定超出了前提所斷定的範圍，所以前提的真並無法保證結論的真，於是整個推論缺乏必然性。如果整個歸納推論不能得到必然為真的結論，那麼它的合理性又何在呢？如何為其合理性進行辯護？這就是「歸納法的問題」。

休姆認為：一切的科學研究都是建立在歸納法上的，而歸納法又是建立在「自然齊一律」這個原則之上。所謂「自然齊一律」是主張：未來一定會類似於過去的經驗。我們會傾向於認為：在類似的條件下，類似的原因一定會產生類似的結果。然而休姆質疑說：「自然齊一律」這個假定，在邏輯上根本就站不住腳！我們憑什麼確定其他未經驗的事實，一定會類似於已經驗的事實，而且具有同樣的規律性呢？因為我們顯然無法在邏輯上證明「未來一定會類似於過去的經驗」，所以歸納法的邏輯有效性根本就值得懷疑！

我們可以把休姆對歸納推論的批判整理如下：

(1)從演繹推論的觀點觀之，歸納推論是可疑的。因為在歸納推論中，我們可以發現兩個可疑的邏輯上的跳躍：一是從「實際觀察到的有限事例」跳躍到了「和無窮事例有關的全稱結論」；二是從「過去、現在的經驗」跳躍到了「對未來經驗的預測」。顯然的，從演繹推論的觀點觀之，這兩個邏輯跳躍都是非常可疑的，因為適用於「實際觀察到的有限事例」，不一定適用於無限，而且將來的經驗很可能與過去和現在完全不同。

(2)我們也不能用歸納法來證明歸納推論的有效性，否則會犯了循環論證的錯誤。如果我們要以歸納法在實際應用上的成功去證明歸納法，這就要用到歸納推論，因此就會導致無窮後退 (the infinite regress) 或循環論證。換言之，休姆認為：在歸納推論中，由前提到結論的推論，是建立在歸納原理之上的；而歸納原理本身卻又正是歸納的結果。因此，這裡就顯然犯了循環論證的錯誤。

(3)由上可見，歸納推論必須以自然齊一律為基礎，可是自然齊一律並不具有客觀性。因為感官最多只能告訴我們過去一直如此，並沒有告訴我們將來一定仍然如此。而且感官所告訴我們的，只是過去現象間的先後關係，我們並沒有辦法由此斷定未來現象間的先後關係為何。

　　如果歸納法以及自然齊一律在邏輯上根本就站不住腳，那麼我們為什麼還會相信它們呢？休姆認為：我們之所以相信未來一定會類似於過去的經驗，並不是因為理性使然，而完全是由於習慣和心理期待。在這裡，「習慣」或「心理期待」只是一種非理性的心理作用而已，是一種本能或自然的傾向。換言之，我們就像 19 世紀末、20 世紀初期俄國科學家巴弗洛夫的狗一樣。在 1890 年代，巴弗洛夫曾研究狗的消化系統，並發現狗的口水分泌，只不過是盲目受其先前的經驗而制約的反射動作而已，完全不是思考後的結果。同理，依休姆的主張，我們之所以會傾向於相信歸納法以及自然齊一律，其唯一理由，只不過是因為我們盲目的被過去的經驗所制約、並產生了反射動作而已。換句話說，休姆認為歸納推論的基礎，其實是非理性、不合乎邏輯的。

皮羅 (Pyrrho of Ellis, 360–270 B.C.)

西元前 4 世紀至 3 世紀所興起的懷疑論的主要代表人物，並以皮羅主義 (Pyrrhonism) 著稱於世。皮羅主張理性無法認識事物的真實存在；我們充其量只能揣知事物的外表。又因為每人所見所知各有差異，因此真假對錯根本無從判定。既然如此，智者便應中止判斷。換言之，皮羅認為：對於任何判斷，我們都應該附上「大概」、「也許」等詞，而表達為「在我看來似乎如此」等不確定的語句。皮羅的中止判斷原則表現在倫理上，則產生了實踐性的效果。既然世上根本就沒有絕對的善惡之別，因此智者便應對外在事物無所關心，期能獲致泰然寂靜的心境，而不為任何妄想所擾。

休姆 (David Hume, 1711–1776)

著名的英國哲學家，並以其徹底經驗論主張以及隨之而來的懷疑論而著稱於世。休姆遵循徹底的經驗論主張，而對諸如「精神實體」、「物質實體」、「自我」、「人格同一」、「因果律」以及「歸納法」等概念提出了無情的批評，並認為這些概念都是理論上的虛構之物。在徹底貫徹英國經驗論的根本主張之後，休姆得到了下列結論：我們在日常生活中覺得理所當然的事物，事實上都不能通過任何方式加以證明。休姆的哲學使得西洋哲學史中的另一個偉大哲學家康德從「獨斷論的迷夢」中驚醒，而催生了哲學的嶄新研究方向。

巴弗洛夫 (Ivan Pavlov, 1849–1936)

俄國著名生理學家。因為對狗進行研究，而首先提出「制約反射」(conditional reflexes，或「條件反射」)此一主張而著名於世。1904 年，巴弗洛夫由於對消化系統卓越的研究，而得到諾貝爾醫學獎。1890 年代，巴弗洛夫研究狗的胃，透過唾腺來研究在不同條件下對食物的唾液分泌。巴弗洛夫發現狗在食物送進嘴裡之前，便開始分泌口水，於是便開始一連串的實驗，並使用了哨子、節拍器、音叉和一些視覺上的刺激，以便調整食物出現之前的刺激。在實驗後，巴弗洛夫發現唾液分泌，是受動物先前的經驗而制約。為此，巴弗洛夫特以「制約反射」此一概念稱之。藉由行為主義 (behaviorism) 的創始人華生 (John B. Watson, 1878–1958) 的著作，巴弗洛夫的「制約反射」開始在西方流行起來，成為行為主義的重要研究方法。「巴弗洛夫的狗」常用來形容一個人在不經思考、完全出於反射動作的情況下作出反應。

附錄

其人其事

在本書中，達力的老師謨爾、安塞倫主機以及第七章中所提到的船名，其實都是著名的哲學家。

謨爾 (G. E. Moore, 1873–1958)

英國劍橋大學哲學教授，和羅素 (Bertrand Russell)、維根斯坦並列為劍橋三人小組，對 20 世紀英美分析哲學有很大的影響。謨爾和羅素的思想具有許多共同之處：年輕時在劍橋大學都反對黑格爾主義和唯心論；都接受常識和科學所承認的東西；都強調對常識和科學作哲學分析。其實謨爾的哲學方法可以「訴諸常識」和「訴諸日常語言」兩大主軸來涵蓋；而要切實瞭解謨爾的這兩大哲學方法主軸對英美分析哲學的影響，就不得不指出 20 世紀初期歐洲哲學思想的氣氛。在 20 世紀初期，深具黑格爾色彩的唯心論曾經瀰漫全歐洲。對此，謨爾於 1903 年發表〈駁斥唯心論〉一文而聲名大噪。謨爾指出：唯心論就是因為「濫用語言」而導致了「違反常識」的結論。受謨爾的影響，自此之後，對語言作哲學分析，就成為當代英美分析哲學的主軸之一了。

安塞倫 (St. Anselm, 1033–1109)

11 世紀著名的經院哲學家 (Scholasticist)，企圖有
系統的論證上帝的存在的代表人物。為此，安塞倫提出
著名的存有學論證（又稱為「先天論證」，a priori proof；
或「本體論證」，the ontological argument），企圖從上帝
的概念推論出上帝的存在。安塞倫的存有學論證如下：

⑴上帝是我們所能設想的最高、最大而絕對完美者；

（說明：不管我們相不相信上帝存在，「上帝」此一概念必定如此。）

⑵最高、最大而絕對完美者必須存在——不僅存在於我們的心中，而
且也存在於我們的心外。

（說明：如果最高、最大而絕對完美者只存在於我們的心中，則我
們就可再設想：這種存在者之上，應有更高、更大而絕對完美者存
在，即：既存在於我們的心中、而且也存在我們的心外的更高、
更大而絕對完美者。換言之，只存在於我們心中的最高、最大而絕
對完美者，其實根本就不是最高、最大而絕對完美者。）

所以，上帝必定存在——不僅存在於我們的心中，而且也存在於我們
的心外。

紐拉特 (Otto Neurath, 1882–1945)

20 世紀初期著名的維也納小組 (the Vienna Circle) 的活躍成員之一。維也納小組主張邏輯經驗論 (logical empiricism)。該小組的締造者是石里克 (Moritz Schlick)，成員包括魏斯曼 (Friedrich Waismann)、漢恩 (Hans Hahn)、弗格爾 (Herbert Feigl)、紐拉特、卡納普 (Rudolf Carnap) 等。1929 年，漢恩、卡納普和紐拉特聯合發表了邏輯經驗論的第一次宣言：〈維也納小組，它的科學觀〉 (Wissenshaftliche Weltauffassung, Der Wiener Kreis; The Vienna Circle, Its Scientific Outlook)。

蒯因 (W. V. Quine, 1908–2000)

美國哈佛大學哲學教授，也是當代英美分析哲學最重要的代表人物之一。蒯因的兩篇論文〈論何物存在〉(On What There Is) 以及〈經驗論的兩個教條〉(Two Dogmas of Empiricism) 已經列入哲學經典著作之林。此外，蒯因在其著作《語詞和對象》(Word and Object) 中所主張的「翻譯不確定說」(the indeterminacy of translation)，也是當代英美哲學最爭論不休的主張之一。

維根斯坦 (Ludwig Wittgenstein, 1889–1951)

奧地利哲學家，也是當代英美分析哲學最重要的奠基者、代表人物之一。維根斯坦的《邏輯哲學論》(*Tractatus Logico-Philosophicus*) 以及《哲學研究》(*Philosophical Investigations*) 是公認的現代哲學經典著作。事實上，由 20 世紀英國哲學的發展，便可知維根斯坦在當代英美分析哲學發展中所占有的重要地位。20 世紀英國哲學經歷了三個發展階段。第一個階段是羅素以及誤爾反對唯心論運動。第二個階段則是由羅素以及維根斯坦的《邏輯哲學論》為核心的邏輯分析的哲學。第三個階段則是以維根斯坦的《哲學研究》、賴爾 (Gilbert Ryle) 以及牛津日常語言學派為核心的語言學哲學。由維根斯坦的《邏輯哲學論》以及《哲學研究》分別作為 20 世紀英國哲學兩個發展階段的核心觀之，維根斯坦哲學的重要性，實不言而喻。

◎人心難測
——心與認知的哲學問題
彭孟堯／著

與植物人談戀愛的機器人！如果思考、認知與情緒是大腦的作用，那麼刻骨銘心的愛情與永恆不變的友情，也只是大腦神經系統的一連串反應嗎？如果情感只是腦神經的反應，當我們創造出會思考、有情欲的機器人時，要如何區分彼此呢？人類的思維和情感表現，真的只能用大腦神經系統來解釋嗎？還有什麼關鍵被忽略了呢？

◎這是個什麼樣的世界？
王文方／著

在街上遇到郭靖？有 100 個自己？天啊！這是個什麼樣的世界？本書透過生動鮮明的事例，淺介「形上學」中各個重要主題，包括因果、等同、虛構人物、鬼神、矛盾、自由意志等。哲學家說「形上學是研究世界基本結構」的一門學問，但是什麼是「世界」，什麼又是「世界的基本結構」呢？好奇寶寶別擔心，本書論述淺明、舉例豐富，絕對能滿足愛胡思亂想的你喔！

◎信不信由你——從哲學看宗教

游淙祺／著

　　本書從哲學角度看待宗教問題，以八個子題循序漸進地簡介西方哲學向來處理宗教的方式。西方哲學從古希臘到十九世紀末為止，其論辯、批判與質疑的焦點集中在「上帝是否存在」的問題上。而二十世紀的西方哲學家，在乎的是「宗教人的神聖經驗」、「宗教語言」、「宗教象徵與神話」等新議題。身為世界公民的我們，要如何面對宗教多元的現象？又應該怎樣思考宗教多樣性與彼此相互關係的問題呢？

◎柏拉圖

傅佩榮／編著

　　柏拉圖或許是最為人所熟知的西方古典哲學家，他廣泛而深入地探討了哲學所關心的各主要議題，為西方哲學建立了完整而難以超越的架構。本書除了簡單介紹柏拉圖的哲學思想，並大量引用他的對話錄，使讀者得以欣賞其行文風格與敏銳心智，在較為嚴肅的思辨之後，能夠回應人生的具體要求，從而兼顧了哲學探討與實際關懷。

◎想一想哲學問題

林正弘／主編

　　當人類追根究底地去探問任何現象時，遲早會碰到一些無法得到確定答案的問題，這些問題雖然無法用常識的、科學的或類似數學的嚴格證明來解答，卻與我們所關心的人事物息息相關。這些正是哲學問題。本書藉由 15 個日常生活中的困惑，引發您對哲學探究的興趣，希望與您共度美好、恬靜的沉思時光。

◎西洋哲學史話（增訂二版）

鄔昆如／著

　　「哲學」究竟是什麼？源自古希臘的西洋哲學，經過漫長而沉潛的累積和精練，如今又以何種面貌省思著人生、社會與世界呢？哲學家以銳利獨到的眼光剖析時代的癥結，企圖提出解答、指引新方向。回顧哲學的歷史發展，俾能使人更清楚地認識自身的立場與可能的價值。

◎西洋哲學史

傅偉勳／著

　　本書是一部具批判性質的西洋哲學史
(A Critical History of Western Philosophy)，
特別從現代哲學的嶄新觀點，剖析遠自泰
利斯開始，近至黑格爾為止的西方哲學問
題發展動向，且對各家各派的哲學思想予
以內在的批判。作者始終認為，哲學史絕
對不是純然蒐編既有哲學理論的普通意義
的歷史。通過對哲學史的鑽研，我們能夠
培養足以包容及超克前哲思想的新觀點、
新理路，且能揚棄我們自己可能具有的褊
狹固陋的觀念與思想。因此，對於哲學史
概念的把握，乃是進行哲學探求的一種極
其重要而不可或缺的思維訓練。